AF436362

EX LIBRIS

BIGLIETTO DI SOLA ANDATA

Biglietto di sola andata

Evelyne Nicod

BIGLIETTO DI SOLA ANDATA
però in prima classe

MILANO

GATTERIA

MMXXII

BIGLIETTO DI SOLA ANDATA
però in prima classe

di

EVELYNE NICOD

Editore: Gatteria ®.www.gatteria.it
Edizione cartacea 3

Data pubblicazione: 10 aprile 2022

ISBN ISBN 9791280330475

INDICE

Biglietto di sola andata

Prefazione

Non ci sono confini alla realfinzione, i personaggi sono immaginari. Ho incontrato parecchie Giulie e Cedrini, in carne e ossa, Italiani e Francesi, che mi hanno dato la voglia di parlare dell'emigrazione del dopoguerra.

Desidero ringraziare il Professor Guido Pedrojetta, tutte le Giulie incontrate, Rodolfo per il suo prezioso aiuto per l'attività di impaginazione e la correzione delle bozze.

Milano, aprile 2022   *EVELYNE NICOD*

Introduzione

Giulia nasce in Italia, la sua famiglia si trasferisce in Francia dopo la seconda guerra mondiale.

La bambina fa fatica a ambientarsi, preferisce il suo paese di origine, vuole studiare e diventare giornalista in Italia. Viaggia in tutto il mondo, torna a vivere a Milano da single, una vera solitaria per scelta.

La sua vita sentimentale è libera, niente legami. Però scopre a cinquanta anni che il suo corpo ha le sue esigenze e corre, anzi si precipita ai ripari.

Mai troppo tardi per volersi un po' di bene. Arriva la vecchiaia, il confinamento, c'est la vie …

La vecchiaia risveglia i sogni nel cassetto delle protagoniste delle due ultime novelle. Una restaura libri e oggetti, le due altre coniugano le loro capacità, per creare un'attività di comunicazione lucrativa e gustativa.

Je suis un arbre .
Mon feuillage débonnaire
Abondant et généreux,
Attire toujours les amoureux
Mon parfum ensorcelant
Fait le délice des passants
Depuis un siècle les saisons
Ont renforcé ma conviction
Qu'être un tilleul est ma vocation

Evelyne Nicod

1 Giulia

Biglietto di sola andata

La pandemia ci ha rintanati, un mese di confinamento, di notizie mortifere, di tragedie e di comunicazione a tutto spiano, con amici e non. Si respira ancora un'aria bizzarra, di eccitazione con un misto di angoscia e di irrazionalità.

Mi chiamo Giulia, sono una giornalista quasi a riposo, ho 82 anni, me li sento tutti nelle gambe, nella memoria, ma non posso lamentarmi alla luce delle ultime notizie, mi vergognerei.

Vivo in un appartamento di 100 m quadrati nel centro di una città grande, in un condominio piccolo con giardino piantumato. Una balconata gira intorno all'edificio, usufruisco così di uno spazio esterno favoloso perché ogni locale si apre sull'esterno. Non potendo passeggiare sul marciapiede, faccio un po' di movimento. Raccomandato in TV ogni ora: muoversi (ginnastica), avanti, indietro, come d'ordinanza, sul balcone.

Come tanti miei concittadini, occupo la giornata cercando informazioni dal mondo grazie ad Internet, con il tablet. La depressione cammina sorniona ovunque, non ne posso più. Ho passato delle ore al telefono o peggio ancora su WhatsApp o Skype dove ci siamo ritrovati con gli amici vecchi, decrepiti. Basta.

Aprendo un cartone pieno di carte, fotografie di famiglia, è riemersa in qualche ora la vita di decine di persone, la mia vita. Ho letto le lettere delle nonne, della famiglia completa. Cresime, matrimoni, funerali.

Mia madre si chiamava Isolina Rossi e mio padre Giorgio Cedrini, nati in Piemonte a Domodossola da genitori contadini della Valdivedro per la linea materna e della valle Antigorio per quella di mio padre.

Isolina nacque nel maggio del 1914, mio padre nel giugno del 1912. I miei nonni trovarono lavoro sul cantiere del Sempione, le donne andarono a servizio, una nella famiglia di un notaio e l'altra commessa in un negozio di piazza Mercato. Isolina, figlia unica, fu allevata da una coppia poverissima, grandi lavoratori che desideravano una cosa sola, che la loro figlia andasse a scuola e studiasse, per riscattare i troppi anni di privazioni. Mio nonno Rossi morì a 47 anni, schiacciato da una scarica di sassi sul cantiere.

Il nonno Cedrini si sposò a 45 anni, dopo avere messo da parte un po' di soldi, guadagnati da muratore al traforo. La sposina aveva vent'anni, ebbe il primogenito Giorgio nove mesi dopo il matrimonio. Fecero sei figli a cadenza regolare di uno all'anno. La nonna morì dando alla luce l'ultimo bambino. Il nonno risposò la sorella di mia nonna che allevò con molta cura i sei figli del precedente matrimonio e i tre suoi.

Il nonno morì a 93 anni, e la seconda moglie a 91. Giorgio studiava con diligenza e lavorava d'estate sul Sempione. Si diplomò geometra, fiero della promozione e del titolo.

Isolina era una bambina sveglia, molto carina, con bellissimi occhioni azzurri. Amava la scuola, aiutava anche lei a guadagnare qualche soldo facendo la bambinaia. Scelse di fare le magistrali.

A 20 anni divenne maestra delle scuole elementari, ebbe il suo primo impatto con la realtà dell'insegnamento in un paesino rurale in valle Antigorio. I suoi alunni, figli di allevatori di bestiame e agricoltori, aiutavano a portare gli animali al pascolo e a mungere il latte, prima di sedersi sui banchi dell'aula. Non c'era chiasso in classe, sapeva farsi rispettare, ascoltavano con attenzione per un'ora, poi piano piano, si agitavano, ridevano. Imparò in fretta ad organizzarsi, aveva l'abitudine dei bambini piccoli, quando faceva la bambinaia, con il suo sorriso e la voce chiara, la classe di 12 scolari funzionava relativamente bene.

Incontrò Giorgio all'uscita della scuola, era ospite di uno zio in una baita di altura. Isolina piaceva sia ai maschi che alle donne del paesino, quasi tutti parenti, tra cugini e famiglie numerose. Presero a passeggiare insieme, una coppia bene assortita, Giorgio era un bellissimo ragazzo, Isolina una fresca biondina sorridente, fatta bene, seno, gambe, sedere, tutto a dovere. La mamma d'Isolina seguiva da vicino l'evoluzione della storia d'amore.

Giorgio non era consapevole di essere così bello, lo erano anche tutti i suoi fratelli e sua sorella. Le ragazze di Domo lo guardavano, eccome, Isolina sapeva di avere un bel po' di concorrenza, ma dopotutto, nemmeno lei era da buttare via.

La guardiana della sua virtù, mia nonna, aveva delle spie ovunque, e sapeva come e dove sua figlia amoreggiava. I ragazzi si fecero più furbi, Isolina fece l'amore con il suo Giorgio ogni volta che ne avevano la possibilità, a vent'anni la si trova sempre.

Io sono nata nel 38, non si sposarono subito, Giorgio partì, fece il militare, la guerra fu dichiarata in Africa, poi divenne partigiano nel 43, nascosto sulle montagne della Valdivedro.

Si ritrovarono nel 46, avevo sette anni, e mi chiedevo chi fosse questo intruso nella nostra vita. La guerra gli aveva tolto qualsiasi illusione politica. Si sposarono civilmente, feci da damigella, orgogliosa di esibirmi tra i miei genitori.

Giorgio discusse con la nonna e sua moglie del nostro futuro. Da ragazzo era andato come lavoratore stagionale nel Vallese in Svizzera per la raccolta delle fragole. Ne aveva un pessimo ricordo.

Fu deciso che sarebbe partito, da solo, in Francia nel Giura dove si erano già trasferiti due dei suoi fratelli, Erminio come perito elettrotecnico, Tersilio come idraulico.

Mia madre si spostò a Villadossola in una scuola appena rimessa in piedi, trovò un appartamentino per noi e la nonna. Papà partì, e le nostre lacrime per poco non fecero straripare il fiume Toce.

Non ho un brutto ricordo di questo periodo. Tre donne sole, uno stipendio e una pensioncina della nonna per vivere, mangiavamo, benché un po' meno bene che in Antigorio, dove si coltivava tutto negli orti, ridevamo, c'era un andirivieni continuo. Isolina cantava sempre, accompagnava la radio. Mia nonna governava la casa, cucinava, stirava, mi adorava, meno severa di mia madre che mi sgridava sempre, mi voleva perfetta. Come mai due persone così belline fecero una bambina scialba come me? Il DNA è un grande birichino inspiegabile: non sono brutta, mia nonna mi diceva sempre che sembravo un fiorellino nascosto, mia madre un giglio delle nostre valli, arancione, e mio padre, un girasole, ma mi vedevo come una violetta sfiorita. E ridevamo, la vecchia Margherita abbracciava la piccola violetta. Mio padre chiamava ogni venerdì sera nel bar accanto, unico telefono nelle vicinanze. Mamma rideva sempre, io non sapevo cosa dire, non potevo soffrire queste chiamate.

Le nostre giornate si svolgevano sempre allo stesso modo: lavarsi bene il collo, non solo il musetto, prima colazione con un tazzone di latte sporcato di caffè d'orzo, due fette di pane con marmellata. Cappotto, sciarpa, cartella e scuola. Ritorno all'una per pranzo, tutte e tre attorno al tavolo tondo, con tovaglia di canapa a quadretti, piatti fondi, bicchieri, coltello e forchetta, una caraffa d'acqua, pasta con sugo, insalata, una mela. La nonna e mia madre bevevano il caffè appena uscito dalla grande caffettiera smaltata, che profumava tutta la casa.

Isolina lavava i piatti nel lavello vicino alla finestra, io li asciugavo con un strofinaccio ricavato da una vecchia tovaglia.

La nonna faceva un pisolino sul divano, mia madre rassettava la stanza, puliva il pavimento, apriva la finestra.

Eravamo pronte per sistemarci di nuovo sull'unico tavolo della casa. Mia madre correggeva i compiti, preparava la lezione, e io studiavo alla svelta per potere andare a giocare con le mie amichette giù nel cortile.

Mi ricordo benissimo come mi vestivano, la nonna, o mia madre: una canottiera intima girocollo, senza maniche, molto lunga, un maglioncino di lana, opera della Margherita accasciata, una gonnellona blu scuro, delle calze bianche, dimenticavo, le orrende mutande di cotone a coste che arrivavano sotto alle ascelle. Il cappottone blu scuro a sei bottoni, per l'inverno, un berretto fatto in casa bianco, con guantoni assortiti, stivaletti con suola di para. L'estate era più estrosa, mi piaceva molto un vestito di cotone a fiori con un colletto bianco, dei sandali rossi, dei calzini bianchi con fiocchetto.

Le mie amiche si chiamavano Cicci e Mimma, io ero Tina. Tutte e tre passavamo delle ore a saltare con la corda, lanciare la palla contro il muro, vicino al vetraio che aveva l'officina nel cortile e che ci urlava di piantarla di fare tanto baccano. La radio a pieno volume nel suo gabbiotto. Alle sette si tornava a casa, lavata delle mani, disinfezione delle ferite alle braccia e sbucciature delle ginocchia.

Si cenava con un minestrone ricco, ispessito di pane raffermo, formaggio e mela cotta.

La nonna diceva che una mela al giorno toglie il dottore di torno. Però ogni giorno era troppo, non si vedeva la fine del raccolto dello zio. Speravo che le formiche le mangiassero tutte l'anno seguente.

Nonna alle nove apriva il divano letto e spegneva la luce. Isolina mi coricava nel lettone della nostra camera dopo essere andate tutte e due in bagno sul pianerottolo. Leggeva fino a tardi, poi crollava esausta.

L'estate era la mia stagione preferita, perché andavamo nella baita casera dell'Alpe Veglia. Due mesi di gioco con i cani, a sorvegliare le mucche, aiutare a fare la cagliata, le pecore stavano per conto loro. La mamma non amava molto la campagna, e credo che anche la cognata le desse l'orticaria. La nonna rimaneva a Domo, aveva il cuore debole e non sopportava l'altitudine.

Nel settembre del 51, mio padre ci fece la sorpresa di venire a trovarci per fare ritorno a Domo. Mamma non sembrava felice, io nemmeno. Era ancor più bello del solito, vestito bene, e sorpresa, possedeva una Topolino nuova di zecca, rossa fuori nera dentro. Isolina faceva una faccia d'inizio tempesta. Risparmiava ogni lira che guadagnava, molto tirchia di natura. La generosità non le apparteneva, eredità della nonna, penso ora.

Mi piaceva molto la Topolino, ma non si doveva parlarne. Mio padre si mise ad urlare più delle due arpie, guardavo questi adulti fuori di testa: avevano proprio un pessimo carattere queste tre belve!

La cena della nonna fu alquanto silenziosa, dormii con lei sul divano. Si sentì qualche rumore proveniente dalla camera e al mattino trovammo "due tortorelle" a colazione. La pace del cuscino, sorrideva la nonna.

I miei genitori decisero di comune accordo che l'anno successivo la mamma avrebbe dato le dimissioni e che finalmente ci saremmo riuniti tutti e quattro per vivere a X, in Francia. Nonna non parlava, io piansi come un vitello. Che me ne fregava della France, non sapevo nemmeno dove fosse.

Papà prese una carta e mi spiegò in dettaglio com'era bella la città dove saremmo vissuti. Isolina iniziò subito i piani di preparazione: comprare un metodo per imparare il francese e un giradischi (spesa necessaria!).

Giorgio se ne tornò da dove veniva nella Topolino. La nostra vita riprese come al solito, unica variante un'ora di francese ogni sera in più, i verbi, tutti irregolari, l'ortografia, non se ne poteva più. 20 vocaboli al giorno da memorizzare. Mi veniva l'angoscia al pensiero di lasciare le mie amiche. Il padre di Cicci lavorava da due anni a Düsseldorf, in Germania, e mandava un sacco di soldi a casa, era piastrellista. Quello di Lina faceva il falegname, carpentiere a Sierre, nel Vallese. E sua madre era cameriera a Briga. Tutte e due le bambine vivevano con i nonni. Ridevano quando facevo la smorfiosa in un francese molto particolare.

Il dopo guerra nella valle si chiamava ricostruzione in Europa, significava anche immigrazione per tutti i tipi di edilizia e di altri settori produttivi. I nonni avevano lavorato allo scavo del tunnel del Sempione iniziato nel 1906 e terminato nel 1921. Tanti partirono più lontano, in Canada, in Australia, in America, soprattutto tra le due guerre.

Non potevo lamentarmi, La Francia non era così lontana dopo tutto, sarei potuta tornare quando la nostalgia mi avrebbe fatto perdere il sonno.

Nel gennaio 1952 la mia Margherita si spense del tutto accanto a me. Morì di infarto tenendomi per mano sul divano. Io persi la testa, per la prima volta ero colpita da questa legge disumana. Avevo 14 anni. Isolina non pianse, non una lacrima, dura come il granito, una rabbia fredda nel cuore. Non siamo mai riuscite a riscaldarci a vicenda, bloccate, sole, ognuna per sé.

L'anno scolastico finì per me e per mia madre. A luglio partimmo per X, una nuova vita ci aspettava. Fu la fine della mia fanciullezza, una nuova era si apriva, nuovo paese, nuovi orizzonti, nuove facce, abitudini. Molte novità all'orizzonte, magari anche troppe.

2 Arrivo in Francia

Biglietto di sola andata

La nostra vita passata era dentro un camioncino che ci portava a X, nel Giura francese. Guardavo il passo del Sempione, il monumento dell'Aquila, Briga, il Vallese, le colline di Sion, il lago, Montreux, Lausanne, Vallorbe, la frontiera francese mi fece sussultare, stavo lasciando il mio paese, era la verità, orribile. Le foreste di pini all'infinito, delle fattorie enormi con dei tetti giganteschi, prati e mucche ovunque, vastissimi pascoli, colline dell'altopiano, 950 m di altitudine. Aprendo il finestrino, l'aria gelida mi fece lacrimare. Il mio mondo era fatto di montagne severe, di verdi valli strette, ogni coltivazione richiedeva un enorme lavoro per terrazzare le vigne, il pascolo delle bestie con muretti a secco, le baite erano piccole e di sasso con i tetti di piode.

Si arrivò a destinazione, il mio cuore batteva a 120 pulsazioni al minuto. Isolina non aveva aperto bocca durante il viaggio. Mio padre si fermò davanti a una casa nuova, ma non finita, con fare solenne disse siete a casa vostra voi due streghe! Prese la mamma in braccio e la portò dentro. Io trotterellavo dietro, in lacrime.

Rivedo un terreno riempito di betoniere, tubi, una rimessa colma di materiale, sabbia ovunque, sassi, mattoni, un camioncino sgangherato, in mezzo la nostra casa non ancora intonacata, senza persiane, una desolazione, niente verde. Mi si stringe ancora lo stomaco ripensando al nostro stato d'animo, alla vista di questo nostro futuro.

Papà era sorpreso dalla nostra mancanza d'entusiasmo, gridava è tutto nostro, niente affitto, questa è l'impresa. Isolina sorrideva e prese la sua mano, dicendo bravo marito, bravissimo. Io non riuscivo a fingere, era orrendo, lo squallore assoluto, lontano dalla città, in mezzo a prati di erbacce, senza alberi. Come aveva potuto l'orgoglioso Giorgio portarci in un luogo simile?

Almeno l'interno era intonacato, la cucina comprendeva un lavello enorme, un tavolo, cinque sedie, uno scaffale pieno di scatolame, una cucina a gas, uno stanzone con balcone vuoto, una stanza con un letto grande, due sedie, una stanzetta con un lettino, in fondo al corridoio una grande camera con tre letti. Tutto l'insieme era disadorno, l'unico ambiente finito era il bagno, vasca formato extra large, una doccia, un grandissimo lavabo, il tutto piastrellato fino al soffitto di ceramiche verdi, suolo, pareti. Uno specchio piccolo era appeso vicino alla finestra.

Una sfilza di armadi a muro copriva il lungo corridoio attorno al quale erano distribuiti i vari locali. Dimenticavo, il wc era a destra del bagno, 1 m di larghezza, lungo 2 m, piastrellato di rosa, un chiodo per la carta igienica.

Il riscaldamento era centrale, la caldaia a carbone occupava un angolino della cantina, ripostiglio, garage, officina, eccetera.

Un vero lusso che mamma apprezzò, perché fuori il termometro segnava 2°. Mamma si mise ai fornelli, capimmo che ormai avremmo condiviso la nostra esistenza con i tre fratelli fierissimi del loro lavoro: "Cedrini impresa di costruzione, idraulica, elettricità" scritto in lettere rosse sul furgoncino. Tutto apparteneva ai tre fratelli, Topolino, casa, terreno, prestito bancario, beni e debiti.

Le donne non avevano voce in capitolo, il denaro dovevano chiederlo, niente firma sul conto in banca. Avevo 14 anni, accidenti, vissuti con donne sole, indipendenti, uno stipendio fisso mensile per pagare le spese, accidenti, accidenti (veramente usavo una parolaccia più espressiva).

Il Comune contava due nuovi abitanti, fui iscritta a scuola e mia madre prese lezioni serali di francese. Studiavamo assieme con mio padre e gli zii.

Pian piano qualche mobile fu acquistato, ma il risparmio era il motore dei Cedrini. Il cibo non doveva mancare, il resto poteva bastare. Ho ancora qualche difficoltà a spendere a vanvera, buon sangue non mente, tra i tirchissimi Rossi e una acquisita Cedrini non si scherza.

Non mi abituavo a niente, odiavo il francese, la gente, questa casa, gli zii, mio padre. Mia madre non mi aiutava, lei si dava da fare e pretendeva da me un atteggiamento positivo, ero un'adolescente che da poco scopriva di avere un corpo che si modifica ogni giorno di più. Questi stupidi zii mi prendevano in giro per il mio seno che spuntava, mi vergognavo di tutto, volevo morire, odiavo il mondo intero e quello francese soprattutto.

Il primo anno rimane un periodo che vorrei ancora dimenticare. Non riuscivo a legare con le mie compagne di scuola, tutte più giovani di me, per via della lingua.

Parlavo abbastanza bene, ma era problematica l'ortografia, tutti i compiti a casa risultavano scarsi, mi deprimevo anche perché in Italia ero considerata piuttosto brava, non la migliore, ma nelle prime cinque.

Ritrovarmi con queste mocciose, ultima su 24 allieve, era difficile da reggere. Volevo tornare in Italia, magari interna a Domo e finire la mia scolarità in modo decente. Sapevo già che volevo studiare lettere moderne e diventare giornalista, inviato speciale del "Corriere", un mio sogno.

Mia madre capì finalmente che stavo male e che avevo ragione, l'anno seguente sarei tornata a Domo, promesso.

L'anno scolastico finì, ero scoraggiata. In casa, gli uomini partivano all'alba e tornavano al tramonto. Altro che periti e geometra: tutti e tre lavoravano come operai, muratori, elettricisti, idraulici, ma sotto gli ordini di Francesi. L'impresa incominciava a farsi conoscere, il lavoro c'era comunque sempre e dovunque, ma l'indipendenza era ancora da venire.

Isolina parlava bene il francese, teneva i conti, studiava economia per corrispondenza. Conobbe un'insegnante di latino e francese con la quale si trovava bene, si chiamava Françoise, avevano la stessa età, era sposata e madre di tre figli, un maschio e due femmine. Rimase l'amica del cuore della sua vita.

Isolina si integrò con facilità, amava i modi ironici dei Francesi, ma in casa si viveva alla piemontese (dialetto, cibo, canzoni) più che all'italiana.

Mia madre non conosceva che Domodossola, il Lago Maggiore, aveva visitato il Duomo, a Milano, con la scuola. Mi stupiva la curiosità che dimostrava da quando vivevamo nel Giura. Giravamo in Topolino nella campagna, nei boschi, lei aveva preso la patente di guida da poco. Era nata una nuovissima Isolina, andava d'accordissimo con Tersilio, faceva la dura con Erminio e la sposina con Giorgio. Devo aprire una parentesi per parlare del terzetto Cedrini.

Sono, come già detto, i tre primi figli del matrimonio di mio nonno. Giorgio, Erminio, Tersilio. Inseparabili dalla nascita, bellissimi, capelli colore grano, occhi pervinca, di media statura, muscolosi, pelosi, denti splendidi, pelle dorata (muratori !). Di carattere abbastanza simili, gentili, cortesi (piemontesi falsi e cortesi!!). Giorgio, più cauto, studioso, Erminio sportivo, concreto, Tersilio dolce, sensibile, generoso. Erminio aveva sposato Teresa e messo al mondo due figli, rimasti a Domo, perché Teresa lavorava nel ristorante di suo padre. Erminio tornava dalla sua famiglia una volta al mese con il treno, per tre giorni.

Tersilio non voleva saperne di matrimonio, stava benissimo con noi, cambiava fidanzata spesso e ridendo diceva a Giorgio che finché non avesse trovato un'altra Isolina stava meglio da solo. Non vorrei malignare, ma Giorgio giocava con il fuoco.

Si vedeva lontano un miglio che era innamorato di mia madre, e se non sbaglio piuttosto ricambiato. Ma Giorgio se ne fregava, la moglie era sua, nel suo letto, tutte le sere, puntuale e faceva vedere alla sposina come si fa l'amore.

Biglietto di sola andata

Avevano tutti e tre un gran bisogno di sesso, spesso, senza sentimento, come mangiare. Nessuno beveva, fumavano come ciminiere, e facevano sesso con qualsiasi tipa a portata di letto. Non ci mettevano implicazioni amorose, separavano l'alto dal basso. Giorgio nonostante la strapresenza di mia madre non disegnava un'offerta esplicita, non si tirava mai indietro: i tre uomini si scambiavano spesso le loro amanti di passaggio. Le mogli erano sacre, Isolina non era sensuale, aveva un che di maschile, credo vivesse le sue notti con il marito come un obbligo, per il quieto vivere. Mio padre non aspettava altro da una femmina. Mia madre era cerebrale, non sentimentale, così come risparmiava i soldi, faceva con i sentimenti. Non mi ha mai coccolato, abbracciata di slancio, mia nonna invece sì. Mio padre l'ho conosciuto da grande, sempre all'ascolto, ma senza smancerie, e mai una carezza nemmeno lui. Isolina e Giorgio si somigliavano tantissimo: caratteri forti, un'ambizione smisurata, la capacità di battersi senza temere le avversità, la vita non li spaventava né la morte, le ridevano in faccia.

Non somigliavo a nessuno dei due, molto di più a zio Tersilio, il mio confidente preferito. Dopo tre anni l'impresa divenne realtà, "Cedrini entrepreneurs". Giorgio dirigeva, prendeva i contatti, Erminio e Tersilio lavoravano giorno e notte. La nostra casa divenne abitabile, ma sempre "in progress". Costruirono una seconda abitazione laboratorio al posto del capannone. Erminio portò con sé dall'Italia due amici, uno imbianchino, uno piastrellista.

Si creò un'isola italiana, i dialetti piemontesi si arricchirono di quello bergamasco con Piero Rota e varesino con il Mario Cerruti.

Abbandonai la famiglia Cedrini e il Giura per tornare a Domodossola al ginnasio. A luglio partivo con una zia all'Alpe Veglia fino al 15 agosto. Papà e mamma festeggiavano con noi il Ferragosto e tornavo con loro in Francia, non più nella Topolino, ma nella Giulia Alfa Romeo, sempre rossa. Bisognava fare sapere a tutti che gli affari andavano a gonfie vele. Mamma continuava a comprarmi gonne sotto al ginocchio e scarpe piatte, non sapeva che avevo un amichetto e che non ero più innocente come pensava. Coda di cavallo, acqua e sapone, reggiseno ortopedico, mutande idem. Mi vergognavo e con i soldi di Natale mi compravo degli slippini un po' meno monacali, avevo dunque un innamorato, più grande di tre anni, mi portava al cinema, a mangiare il gelato in Piazza Mercato, andavamo nei boschi sopra al Calvario per baciarci e conoscerci un po' di più, ma non troppo. Volevo andare all'Università a Milano. Lui si chiamava Andrea, era infermiere all'ospedale, voleva sposarsi, farsi una famiglia: io no, per carità! Non tenevo alla mia virtù più di tanto, ma l'idea raccapricciante di una gravidanza bloccava la mia libido, a dire il vero non proprio esuberante. Adesso lo so, non ero innamorata, solo un una principiante del tocca sì tocca no. Vivevo in casa del quinto fratello Cedrini, lo zio Pierluigi, e di sua moglie Mariolina che mi sorvegliava, ero guardata a vista. La virtù tenuta a bada, il bene prezioso: "non fare la scema, i maschi sono tutti uguali, sporcaccioni. Stai attenta."

Biglietto di sola andata

3 Charlotte

Sono tornata nel Giura dopo la maturità. Mia madre sempre giunonica teneva a bada sette uomini, quattro operai vivevano nella "dépendance", due con le mogli appresso, avevano lasciato i loro figli dalle nonne,in Italia. Le donne pulivano gli uffici di una fabbrica meccanica. Facevano da mangiare al gruppo di lavoratori tutte le sere. I Cedrini erano diventati capi in mezzo a una piccola isola italiana nel verde Giura francese. Ormai parlavano francese con il solito accento di noialtri. Non c'era posto per me, li si vedeva piangere di nostalgia, poi ridere. Un po' alla volta frequentavano qualche Francese, mia madre invitava spesso la sua amica Françoise a cena con il marito Jean-François. Ma ricambiavano di rado.

Non avevo nessuna amica, mia madre mi disse di scordarmi l'università a Milano, ma che se proprio volevo studiare lettere, potevo iscrivermi a B a 60 km da casa loro. Mi hanno affittato una cameretta in centro da una signora anziana adorabile. Ci sono rimasta cinque anni, da questa carissima signora Charlotte. Ci siamo adorate mutualmente.

Un affetto al primo sguardo, una intensa simpatia

reciproca. Al mio arrivo aveva appena festeggiato i suoi primi 80 anni. La sua casa mi sembrava uscita da una fiaba, calda, elegante, affittava la ex camera degli ospiti per avere un po' di compagnia e arrotondare la sua rendita.

Abbiamo passato delle giornate intere a raccontarci per filo e per segno lei la sua lunga vita, io le mie peregrinazioni.

Parlavo ancora con un accento forte, non sono mai riuscita a pronunciare la "R" alla francese. Charlotte mi chiese di darle del tu, mi adottò come nipote. Non si era mai sposata, era la figlia unica di un ammiraglio. Sua madre morì a trent'anni, e fu allevata da una tata inglese. Studiò il pianoforte al conservatorio di Lione. Alla morte di suo padre, ereditò la casa di Lione e questa dove abitava ora, a B. Si trasferì a B e visse dando lezioni di musica e pianoforte, dopo avere venduto la casa di Lione, unica fonte di rendita da sessant'anni.

La mia camera era vastissima di colore ocra stinta, la mobilia di stile impero, il pavimento di noce spettacolare (quando mio padre lo vide impallidì, mi disse che nessuno sarebbe in grado di fare un lavoro simile oggi) *boiseries* sulle pareti, un grande camino di fronte al letto, con tendine di damasco, in testata. Ero una principessa, sua altezza Giulia d'Italia. Una nuova vita mi aspettava, perlomeno iniziava mica male.

Il primo mese all'Università fu catastrofico. Non capivo, parlavo abbastanza bene il francese, ma avevo difficoltà a seguire il ritmo fitto della parlata degli insegnanti, e facevo fatica ad inserirmi nei gruppi. Ero la piccola *ritale* un po' esotica perché studiavo, ma si vedeva lontano un miglio che socialmente ero non solo una proletaria, ma soprattutto un'immigrata.

Non mi sono descritta in precedenza: a vent'anni misuravo 1,65, né grande né piccola, molto seno che non ostentavo (odiavo la Lollo e la Loren), 51 kg distribuiti bene, capelli biondi, occhi azzurri (Cedrini), il sedere, le gambe, le mani, la pelle Rossi al 100%. Non ero così male, a ripensarci, ma non mi piacevo, il mio idolo era Audrey Hepburn. La classe. Mi sentivo una contadina ripulita, travestita da studentessa, una usurpatrice.

Rinascessi, contrattaccherei con le tette, farei strage di smorfiosette a colpi di scollature: a me i maschi. Invece mi facevo piccola, ombra invisibile, non parlavo per non tradirmi, mi vergognavo delle mie origini. Mia madre, sicura di sé dalla nascita, se la rideva, non aveva nessun complesso di classe, anzi andava fiera di tutto, nazionalità, piemontese, montanara, genitori meritevoli, le magistrali, suo marito, sua figlia. Ringraziava la vita di averle regalato l'intelligenza, la salute, la bellezza (relativa). Mio padre era realista: salute, soldi, il resto non lo toccava, era Italiano e allora? Tersilio rideva del razzismo altrui, una banda di coglioni e basta. Io ero l'unica scema delle famiglie Rossi Cedrini.

Charlotte si mise in testa di insegnarmi il solfeggio, poi il piano. Mi vedeva triste sempre in casa, poi mi fece sentire dei dischi per familiarizzarmi con la musica classica. Non ero molto partecipe in principio, mi annoiavo; pian piano mi si aprì un mondo nuovo, pulito. Charlotte era una beethoveniana fervente, preferivo Mozart e Brahms, non sopportavo Wagner. Le Nozze di Figaro mi davano voglia di volare.

Mi ha fatto un regalo straordinario, Charlotte:

l'interesse per l'arte, per la prosa dei grandi narratori; un po' alla volta arrivava un libro di pittura, mi leggeva a voce alta dei passaggi di un autore a me ancora sconosciuto: mi sgrezzai con delicatezza e tanta pazienza. La mia ignoranza era profonda, ci voleva tempo, e un po' di maturità per farmi scoprire la bellezza di George De La Tour, Piero della Francesca, Turner, Wermeer, Proust, George Sand, Edith Wharton, potrei riempire un libro.

La sua generosità mi ha fatto rinascere. Mi correggeva quando sbagliavo una parola, un verbo. Mi riempiva di attenzioni, mi voleva bene senza pretendere niente in cambio. Con lei mi lasciavo andare, parlando della bellezza delle montagne, del mondo animale, dei prati fioriti, degli odori; indimenticabili questi anni con Charlotte.

Il primo anno di letteratura moderna non fu brillante, ero lenta alla partenza, ma una fondista inarrestabile sul lungo corso.

Quando tornavo a casa, ogni sabato pomeriggio, il contrasto era implacabile: da una parte la vecchia Francia, con Charlotte, raffinata, dai modi pacati, poi la radio di Isolina dalle quale venivano sciorinati le canzoni di André Claveau e Georges Guetary, tra risate e polenta con i miei parenti. La schizofrenia a portata d'adolescente, mi impediva di rendermi conto della fortuna che mi si offriva, vivevo una varietà di situazioni, con dei personaggi così diversi, la Francia, l'Italia, l'Europa, tutto era a portata di mano, senza giudizi affrettati, senza confronti ingiuriosi: questi tempi si vivevano con entusiasmo, il mondo stava cambiando. I Francesi non mangiavano la pasta come primo, ma come contorno, erano fieri della loro nazionalità, campanilisti pure, ci guardavano con diffidenza; noi ricambiavamo trovandoli arroganti, razzisti, non vi ci mischiavamo più del necessario.

Incontrai Bepi Rodriguez alla mensa universitaria: portoghese, nero di pelo, ovvio, sorridente, magrissimo, guardava sconsolato il pollo stracotto nel suo piatto. Il suo francese mi faceva morire dal ridere, il suo Accento era peggiore del mio. Divenne il fratellino del cuore, non ci fu mai alcuna ambiguità. Mi disse subito che le femmine non erano di suo gusto, ma che "te adoro" lo stesso.

Non potevo desiderare un amico più simpatico, divertente, affettuoso del caro Bepi. Studiavamo assieme, mangiavamo nella stessa detestabile mensa. Chiesi a Charlotte di poterlo invitare a casa sua, era un formidabile suonatore di chitarra. Misurava 1,85, i capelli lunghi neri come i suoi occhi, la bocca grande piena di denti bianchissimi, delle dita sottili lunghe, pelosissimo, dalle mani a quello che lasciava sporgere dal collo della camicia. Vestiva di nero, non era bello, ma unico, lo trovavo splendido. Sorprese Charlotte al primo sguardo, ma Bepi sapeva sedurre come pochi. Se la mise in tasca in cinque minuti. Ci fece tanto ridere: credo che Charlotte non avesse mai incontrato un essere così divertente in vita sua, io nemmeno.

Siamo diventati un trio, vivevo su una nuvola rosa. Charlotte era in pensiero per me, aveva paura che mi innamorassi di Bepi, aveva capito subito le preferenze sessuali del nostro amico.

Non legavo con nessun altro, le ragazze non mi parlavano, i maschi mi filavano, non per amicizia ovvio.

Ero sexy, ma non lo sapevo, l'ho capito dallo sguardo torvo delle donne e Bepi me lo fece capire a modo suo. Passeggiavamo spesso mano nella mano. Era affetto semplice, complicità, stavamo così bene assieme. Bepi si innamorava tre volte alla settimana di tipi pazzeschi, quasi sempre etero.

Un giorno, un biondone del paese dove abitavamo con i miei genitori, mi venne incontro per accompagnarmi alla mensa, ero sola. Mi piaceva parecchio, l'avevo notato sull'autobus. Non ci furono preamboli, si arrivò al nodo della questione il giorno stesso, nella sua camera. Ma, siccome non volevo rovinare il mio futuro per le solite ragioni, mi alzai di scatto per impedire la conclusione fatale. In una stanza squallida e glaciale, un ragazzo furioso tiene il suo "coso" in mano, una ragazza biotta blu dal freddo, rossa in viso, cerca disperatamente di vestirsi e di sparire al più presto. Vi ho illustrato l'essenziale della mia vita sessuale dell'epoca. Il corpo urlava, ma la paura era più forte di tutto. Niente, non era vero: si poteva fare e si faceva di tutto, meno che quella cosa là.

Avevo trovato un lavoretto grazie a Charlotte, la solita bambinaia da brava Cedrini Rossi; mettevo da parte un gruzzoletto, spendevo pochissimo in frivolezze, qualche film, grazie alle riduzioni studentesche. Ero dimagrita a causa dei piatti immangiabili della mensa, stavo benissimo con 7 kg di meno, con Bepi facevamo l'ironica pubblicità dello studente famelico, da antologia.

In luglio invece del mio solito soggiorno nelle mie montagne, decidemmo con Bepi di partire per l'Inghilterra. Sacco a pelo in spalla, ostelli della gioventù per dormire. A noi London, the Queen, i pubs, Buckingham Palace, Tate Gallery, libri antichi in Charing Cross road, the Tube, vivevamo in un diluvio di emozioni. Sballati senza droga, astemi tutti e due, ubriachi di novità.

I genitori di Bepi erano molto simili ai miei: arrivati in Francia dopo la guerra, sua madre andava a servizio nelle famiglie borghesi di S, nel nord-est, suo padre lavorava in una cartiera come operaio. Erano originari di un villaggio vicino a Coimbra, coltivatori da generazioni. Bepi fu il primo a poter studiare, sapeva di avere poco tempo da sprecare in villeggiatura, bisognava passare il maggior numero di esami nel minor tempo possibile, per diplomarsi con il massimo dei voti e insegnare in buoni licei alle superiori. Era molto diligente, non andava matto all'idea di diventare insegnante. Il suo sogno era la musica, la chitarra classica. Ridendo diceva sempre: prof per incominciare a guadagnare un po' di soldi, poi il conservatorio come risarcimento. Ragionavo anch'io allo stesso modo, prima la laurea, poi un soggiorno in Inghilterra come ragazza alla pari, per imparare la lingua. Sognavo di girare il mondo come reporter. Nessuno dei due desiderava sposarsi, avere dei figli, eccetera. Non era fatta per noi quella vita, eravamo dei lupi solitari, assetati di spazi nuovi. Niente legami.

Ci siamo riusciti benino, direi... A casa dei miei genitori, la solita vita di lavoro, risparmi, l'impresa ormai di otto operai procedeva a gonfie vele e prosperava notevolmente. Non avevano più tempo di andare in Italia. Isolina insegnava a tutti gli Italiani a scrivere, leggere nella lingua del paese di adozione, cioè i primi rudimenti di francese. Françoise veniva due sere alla settimana per fare conversazione e perfezionare la loro pronuncia. Avvertivo il distacco che incominciava a farsi strada tra di noi. Mia madre, filosofa, capiva e mi spingeva sulla mia strada, mio padre odiava vedermi allontanare dal mondo che aveva creato, di cui andava orgoglioso. Giornalismo, per Giorgio, che leggeva solo il quotidiano regionale, significa le pagine sportive, la meteo, il necrologio.

Erano abbonati a "Eco risveglio" di Domo, mia madre non era mai stata una grande lettrice, ma conosceva bene i classici, apprezzava la buona letteratura, con Françoise si scambiavano dei libri francesi moderni, adorava Simone de Beauvoir, la sua Bibbia. Mio padre "macho" per educazione, continuava a fare il farfallone con Tersilio al suo seguito. A casa non si usava più il dialetto, ma l'italiano o il francese. Ci si allontanava sempre più dal Piemonte, ma non si diventava Francesi: una via di mezzo per sempre. Il Francese mangia patate, carne, insalata, dessert, un Italiano pasta, carne o pesce, verdura, frutta. Il Francese è fiero di esserlo, l'Italiano lo sarebbe se ...

Isolina conosceva tutta la piccola colonia italiana locale, si frequentavano, Giorgio era molto popolare tra i suoi connazionali: facevano delle feste ad ogni ricorrenza, pretesti più o meno per banchetti, dolcetto d'alba, nebbiolo, polenta e brasato, costine di agnello, eccetera ... Isolina frequentava qualche famiglia francese, andava in biblioteca, grazie a Françoise allargava la cerchia dei propri conoscenti del luogo, ma non invitava mai nessuno a casa nostra.

Si scoprì poi che Tersilio aveva una relazione con la

figlia di un medico, e Giorgio vedeva molto spesso una maestra di ginnastica separata dal marito, biondissima, indipendente. Isolina come le tre scimmie non sentiva non vedeva non parlava.

Era la prima volta che succedeva una faccenda del genere, e che uscisse allo scoperto. Gli uomini si sentivano gratificati, le francesine si lasciavano avvicinare. La favola del "Latin Lover" era conosciuta, questi due maschiotti si davano alla pazza gioia. Non era che l'inizio, la zona era piena di femmine, allora … perché dire di no?

Marcello Mastroianni stava arrivando con Sofia Loren, mio padre era l'erede naturale della provincia, però più i maschi si accaloravano, più mia madre prendeva il volo, per conto suo, dalla parte femminista. Cornuta pazienza, ci si fa l'abitudine, ma essere proprio sottomessa a questi cretinotti, non sia mai detto. La politica, ecco cosa sarebbe diventato il suo credo.

Ad ogni soggiorno a casa dei miei genitori, scoprivo una nuova strategia da parte di Isolina. Era molto brava a farsi largo in mezzo alle donne, gli uomini la guardavano con simpatia; creò una lista indipendente di tendenza socialista, protettiva dei diritti dei lavoratori, della libertà di espressione delle donne, anche per creare aiuto alle donne sole con figli. Promesse, promesse, parole, parole cantava Mina.

Era cittadina francese da due anni, mio padre invece conservò la cittadinanza italiana per tutta la vita. Fu eletta con la sua lista alle elezioni municipali, consigliera con Françoise.

Teneva sempre i conti della ditta, il rapporto con suo marito somigliava più a un'unione di soci in affari, si volevano abbastanza bene, ma ormai ognuno dormiva nella propria stanza. Facevano sesso dopo i banchetti, effetto del Nebbiolo, del nazionalismo sfrenato.

Tersilio non intendeva sposare Danièle, gli piaceva molto, era una carissima ragazza, ma avevano così poco in comune, all'infuori dei loro sentimenti e dell'attrazione sessuale. Lui era un saggio, ci parlavamo tantissimo, mio zio era l'unica persona con Bepi a cui raccontavo tutto e prese anche lui a confidarsi con me.

Non si vergognava delle sue origini, assumeva tutto con semplicità, ma socialmente non aveva niente da spartire con Danièle. Donne e buoi dei paesi tuoi. È sempliciotto lo so, ma vero. Dopo il sesso, bisognava pure parlare. Di che?

Conoscevo questa ragazza, capivo che era in buona fede, ma assai poco realista. Mio zio era un essere delizioso, ma anche un donnaiolo, amava il pallone, la sua famiglia, non aveva mai aperto un libro dopo la scuola dell'obbligo, era altruista, generoso, incapace di resistere alla vista di una donna che gli piacesse. Non voleva figli, come mio padre: si erano fatti sterilizzare in Svizzera anni addietro, dopo la mia nascita con il consenso di mia madre per Giorgio. Non era un uomo da sposare, solo da desiderare, un amante semplice.

4 Ragazza alla pari

Partii in Inghilterra per due anni, come ragazza alla pari, in una famiglia ebrea di Hendon (NW4) a Londra, in compagnia di Bepi, che trovò un lavoro da barista in un posto tenuto da Irlandesi. Non sono né battezzata né cresimata, la religione non era praticata in famiglia. Arrivai un venerdì sera dalla signora Rachel Singer, madre di due adolescenti, David e Mordi, divorziata, incavolatissima contro il suo ex e mantenuta dal fratello maggiore perché doveva anche occuparsi della nonna handicappata, a carico della povera Rachel. Mi chiese a bruciapelo se ero cristiana o ebrea, non ero niente di tutto ciò. La luce fu spenta in tutta la casa, si chiusero in una stanza, e sentii le voci pregare in ebraico a una velocità folle, per ore.

Non sapendo cosa fare mi coricai e dormii fino alle sette del mattino, quando lady Singer mi disse che a causa dello Shabbat non poteva uscire per andare all'edicola a comprare il giornale, che sarei dovuta andarci io, e di preparare la colazione. Scoprii così il sabato, il non toccare oggetti per il latte con quelli della carne, strofinaccio rosso per la carne, blu per formaggio o latte. Scoprii la religione, le urla di Modi che non voleva andare alla sinagoga, di David che filava con la sua Kippah, cappello nero e boccoli a lato delle guance.

Ero in un film di Woody Allen ante litteram (anno 1960).

Bepi sbarcò da Paddy O'Reilly quando il pub era ancora chiuso; la famiglia irlandese viveva in un appartamento al primo piano dalle parti di Euston, i ragazzi alla pari, tre di numero, alloggiavano in una mansarda al secondo piano, due stanze con letti, armadi e sedie, un tavolino d'angolo e una poltrona, un lavabo, il WC in fondo al corridoio. Per il bagno, bisognava chiedere il permesso al primo piano. Non c'era il riscaldamento, solo una stufetta elettrica dove si inserivano dei pennies.

Ci incontravamo di domenica pomeriggio in Charing Crosss Road, alla fermata della metropolitana (the Tube). Un tizio in divisa all'uscita urlava "mind the step", dove si inciampava a colpo sicuro.

Ci abbracciavamo come due naufraghi ritrovatisi dopo vent'anni su una isola deserta. Ridevamo a crepapelle, dove eravamo finiti? Ognuno voleva raccontare di sé voleva sapere dell'altro.

Bepi parlava un inglese scolastico, il mio era un pochino più ricco, non molto. Immaginare un pub di sabato sera, chiusura alle 11 con il "God save the Queen" finale, un magrissimo portoghese con le pinte di Guinness, quattro per volta (i suoi compagni erano un Francese e un Tedesco. Si cantava, si giocava a freccette, un chiasso pazzesco, decine di uomini e donne scatenati, l'odore di birra e il miracolo: un cantante, due violinisti, una chitarra. Un concerto "made in Dublin" fu acclamato, il "Wild rover" in chiusura. Alle 10:54 tutti ordinarono di nuovo da bere, le porte furono chiuse alle 11:00, e si continuò a fare festa fino all'una. Bepi era stravolto, non era abituato a stare sette ore in piedi in mezzo alla bolgia, però era così eccitante, un'esperienza che non potevamo immaginare da QUEI ragazzi "latini" di campagna che eravamo. London City l'abbiamo visitata da nord a sud e da est a ovest per sei mesi, poi ci siamo abituati.

La famiglia Singer era ebrea ortodossa, di origine polacca. Parlavano yiddish in famiglia, avevo studiato il tedesco al liceo, lo svizzero tedesco si usava parecchio, vicino a Domo, non lo parlavo bene, ma lo capivo un po'. Lo dissi alla signora Singer, ero da lei per imparare l'inglese, non un tedesco scassato. Non abbiamo mai fatto amicizia, ma ci rispettavamo: il venerdì coprifuoco, il sabato non esistevo più. La domenica bye, vedevo Bepi. Studiavamo per l'esame di Cambridge in una scuola vicino a Marble Arch. Sono passati in fretta questi due anni. Bepi si fece dei bicipiti enormi con le pinte di birra, e io imparai a fare i letti e a grigliare le aringhe alle sette del mattino. Siamo dimagriti, non mangiavamo a sufficienza. Per non spendere, andavamo alle inaugurazioni di mostre e feste varie dove i buffet erano abbondanti, sui quali ci tuffavamo senza vergogna.

Non avevo un minuto di tregua in casa Singer: mi alzavo alle 6:30, preparavo la colazione per i ragazzi, parlavo in francese con loro, ne avevano bisogno per il loro programma scolastico. Pulivo i piatti – non c'era ancora la lavastoviglie -, riassettavo le camere, andavo fuori a fare la spesa, preparavo le verdure, mangiavo da sola in cucina. Studiavo fino alle 15, poi prendevo la metro fino a Marble Arch, mezz'ora di viaggio, lezione fino alle 18, ritorno a Hendon, preparazione di panini serali, guardavano tutti una serie TV chiamata "Coronation Street", poi salivo in camera mia per studiare e fare il bagno. Vitto e alloggio gratis, paghetta due sterline alla settimana. Lo consideravo la mia gavetta, una specie di servizio militare. Bepi si divertiva di più nel suo pub, con il tedesco e il francese. Mrs Singer non mi lasciava uscire di sera, solo una volta alla domenica, fino alle 22 al massimo, non avevo le chiavi di casa. Siamo diventati amici con i colleghi di Bepi, venivano a trovarmi in un Lyon's di Hendon, non Kosher, ridevamo ci raccontavamo le nostre peripezie, flirtavo con Werner. Telefonavo a casa con le monete PER pochi minuti con Isolina, non c'era il tempo di dilungarci: state bene, va bene, sto benissimo, alla grande, vi abbraccio, ciao.

Bepi aveva scoperto il vivaio gay della London by night: anni di repressione erano volati via in poche settimane. Frequentava le back Room, saune, bagni pubblici, famelico, non cercava l'anima gemella, ma degli incontri rapidi in quantità e varietà. Non lo riconoscevo più, sembrava invasato. Lasciò il pub, aveva trovato uno studio di registrazione dove accompagnava dei gruppi di cantanti con la chitarra. Guadagnava una barca di soldi nel mondo che aveva sempre sognato. Visse per qualche mese con un cantante rock in Pimlico, rideva ormai pensando all'insegnamento, agli esami del Cambridge.

Nonostante i soldi che avrebbero dovuto procurargli benessere, dimagriva a vista d'occhio: spettrale, ma bellissimo. Il mio fratellino non aveva più bisogno di me, ci vedevamo di meno, non ridevamo più per delle inezie. Non mi raccontava più i suoi amori, ridacchiava quando tentavo di farlo parlare. Fumava come sempre delle Gitanes, ma non solo. La coca girava libera, spendevano cifre folli per la droga, ma questo lo scoprii più tardi. Werner diventò il mio boyfriend londinese, studiava fisica a Colonia, voleva perfezionare il suo inglese, gli orari serali del pub erano perfetti. Ci vedevamo nei parchi o nella Tate Gallery quando faceva freddo. Nessuno dei due era innamorato, ci facevamo compagnia, ci baciavamo, ci palpavamo per benino, non era male per entrambi, un'amicizia di convenienza.

Non avevo né il tempo né i mezzi di allontanarmi da Londra. Passai due anni tra i parchi Kew Gardens, Hampstead Head. Sognavo di essere un personaggio di Muriel Spark , di incontrare Graham Greene, Somerset Maugham, Barbara Pym, Doris Lessing. Quante camminate.

Mi mancava la presenza fisica di Bepi che aveva il dono eccezionale di sapere guardare, curioso come un gatto, infondeva vita e poesia a qualsiasi luogo che attraversasse. Avevo investito tutto il mio patrimonio affettivo su di lui. Un'amicizia esclusiva, ero gelosa e basta.

Mi pesava la famiglia Singer, fare la ragazza alla pari, non avevo soldi, non potevo nemmeno andare ai concerti. Tornai in Francia, dopo una cena a lume di candela in un elegante ristorante, ospite di Bepi. Lui sarebbe rimasto in Inghilterra, era molto richiesto come musicista; a dire il vero, la libertà di vivere alla luce del sole la sua vera vita, così come aveva preso l'abitudine di fare in Inghilterra, era il fattore decisivo. Io non riuscii a mandare giù un solo boccone, bevevo vino e piangevo, mi sarei schiaffeggiata per aver fatto una figura simile. Ho amato alla follia il mio fratellino.

Biglietto di sola andata

5 Il lavoro

Biglietto di sola andata

In Francia, trovai un lavoretto in un giornale regionale, un tirocinio di sei mesi non retribuito alla gazzetta di X. Non facevo che correre di qua di là: il tribunale, la polizia, necrologi, incidenti tutti per me. Mio padre non capiva che dopo avere studiato cinque anni all'università, più 2 anni all'estero, fossi ancora a capo di nulla, dipendente da lui dal punto di vista economico. Isolina sapeva che non ero una scansafatiche, ma io non volevo insegnare, piuttosto crepare.

Bepi mi chiamò da Parigi per presentarmi il cantante P.G., in testa alle classifiche del Billboard. Non ci credevo, un'intervista esclusiva in Francia con me. Mi tremavano le ginocchia, il P.G. era un giovane pallidissimo, biondino, magrino, slavato, stava assieme a dei tipi che l'accompagnavano nel giro europeo. Alloggiavano in un grande albergo, cenammo assieme in camera, per paura dei fan. Non era un chiacchierone, ma mi tempestava di domande; Bepi, lui se la rideva, si è divertito come un matto quella sera, il gioco del gatto con il topo. Non vedevo l'ora di chiudere il becco a quel coglioncello che mi aveva fregato il mio fratellino. "Champagne" dissi, tre coppe in un colpo solo, prendo coraggio e vado dritta all'attacco dell'inglesino. Scrissi un articolo umoristico che riuscì a vendere a più di un quotidiano nazionale. Grazie Bepi, senza di te sarei ancora a fare fotocopie.

Nel Giura verdissimo, mio padre viveva in pratica con la sua sportiva bionda. L'impresa cittadina aveva costruito tantissime case individuali, due palazzoni di cinque piani.

Mia madre passava una parte delle sue giornate a fare i conti per la ditta Cedrini, e il resto, al volante dell'Alfa, visitava i municipi dei dintorni, non mancava mai una riunione del consiglio municipale. Si credeva indispensabile, conosceva male il sindaco, ma lo trovava simpatico. Militava più o meno nello stesso schieramento politico. Non si rendeva conto che le sue origini la rendevano ineleggibile per un posto importante, sarebbe andata bene al massimo come portaborse, questo sì, soprattutto della sua amica Françoise. Non ho mai militato in un partito , odio i poteri assoluti a senso unico, sono Italiana settentrionale, amo vivere anche in Francia o in Inghilterra, non ho affinità con il meridione dell'Europa, perché non sopporto il caldo, l'esuberanza, il chiasso. Mi stanno bene le nebbie, le montagne, i fiordi, i silenzi nordici, un sorriso più che una risata.

Sono una persona fatta di semitoni, in tutto, musica, pittura, lettura. Sto parlando di me, ora, 82 anni suonati, ma non ero così diversa da giovane.

Non ho sofferto di razzismo, a scuola, ma era anche vero che non ero mai invitata dalle mie compagne alle loro feste. Bepi è stato l'unico amico vero della mia gioventù. Vivevamo nella stessa atmosfera, quasi irreale, di non appartenenza. Le nostre origini, la nostra educazione familiare e esterna ci ha resi cittadini del mondo, però senza nessuna illusione.

Mi sono impegnata notte e giorno nel mestiere che mi ero scelto: reporter. Un gradino alla volta, ho lavorato come inviata speciale a Londra, tre anni per una testata francese: attualità, sociologia applicata, interviste, sindacati, scioperi, incidenti, tragedie. Non ero tagliata per le teste coronate, però la regina mi affascinava.

Il periodo americano fu movimentato, con i problemi razziali, le solite tragedie, cinque anni a New York, poi a Washington per il "Corriere", altro stile, sempre lo stesso programma, con una variante grazie a una rubrica letteraria. Il ritorno a Parigi mi permise di riallacciare i rapporti con Bepi.

Ci ritrovammo una sera di giugno, in un bar di Saint Germain; riconosciuto nel mondo musicale come chitarrista eccelso, aveva girato dovunque, accompagnato le voci di tutte le nazionalità, non se la tirava, uguale a se stesso, ironico come sempre. La sua magrezza, il suo vestire di nero erano sempre impressionanti, non me lo ricordavo così spettrale. Mefistofele, con un grande, dolcissimo sorriso.

Il mio cuore si strinse, quanto mi era mancato tutti questi anni! Ero commossa, lui anche, mi prese la mano per baciarla, piangendo in silenzio. Non riuscivamo a parlare, c'era troppo da dire, ma anche niente di così importante, dopo tutto.

Vivevo in uno studiolo nei pressi di Rue de la Tour, rimase con me tre giorni. Ci bastava la nostra vicinanza, dormiva sul divano con il mio gatto Ciccio, ridevamo senza ragione, bevevamo vino rosso a stomaco vuo-

to, mangiavamo pane secco e grana padano, pastasciutta baccalà e patate. Lontano da tutto e da tutti.

Se ne andò in "tournée" con il solito gruppo, non
l'ho più rivisto, morì sei mesi dopo di Aids.

Il mio calendario personale si definisce prima di Bepi e dopo la sua morte.

6 Edmond

Il lavoro incalzava, viaggiavo sempre come volontaria perché single: Giappone due anni, India, free lance da poco tempo. Sono vissuta per due anni a Singapore, quattro a New Delhi (Mumbai). Non avevo più il tempo di pensare, decisi di prendermi un anno sabbatico e tornai nel Giura a casa dei miei genitori, avevo 48 anni. Il mio bilancio era modesto, niente figli, niente compagni, niente amante né fidanzato; pochi soldi, spendevo tutto, i soldi mi bruciavano le dita. Ero la disperazione di Isolina, niente nipoti dunque. Per i miei genitori ero diventata una zombie.

Un gruppo di marcia Nordica organizzava escursioni di gruppo in Svizzera, mi associai dopo due settimane di allenamento, salite, discese, fiato: direzione l'alto Vallese, tre giorni, due notti in quota a dormire nei rifugi, una meraviglia.

La prima notte non riuscii a dormire dai crampi. Non bevevo abbastanza, mancanza di sali minerali, mi sgridavano tutti. Il secondo giorno pernottammo in un piccolo chalet occupato da un altro gruppo svizzero. Canti a non più finire, ci sgolavamo un po' brilli, molto stanchi, rilassati e felici. Un tizio mi guardava, non ci facevo troppo caso, ma mi piaceva abbastanza, così da lontano. Mangiavamo la "raclette", bevevamo il "fendant", uscii per fumare. Mi trovai con il tizio nel buio pesto. Mi chiese il mio nome, vedevo solo il bianco dei suoi denti. Fu come una scarica elettrica. Si ripresero i canti, trovai un biglietto nella tasca della mia giacca a vento. Appuntamento alle 18 a Losanna, Ouchy, hotel X, domani sottolineato due volte ... Non mi guardò una sola volta prima di sparire.

Ero sovreccitata come non mi era mai successo in precedenza. Pensavo da zitella: un bel coraggio, per chi si prende, piuttosto? Non sono mica una puttana. Andai all'albergo di Ouchy in uno stato di agitazione pazzesco. Alla mia età mi sentivo ridicola col cuore che batteva a 100 all'ora. Mi ero cambiata sei volte prima di uscire, gonna o pantalone, intimo cotone per mancanza di meglio, cappottone di montone.

Mi aspettava nell'atrio, fumava, lo vidi per prima, sembrava nervoso quanto me. Ci siamo guardati, abbiamo preso l'ascensore senza parlare, senza stretta di mano.

Tutto avveniva al rallentatore, un giorno intero rinchiusi in una camera a scoprirsi, centimetro per centimetro, sensazioni, risate, un tuffo dopo l'altro nell'incredibile rimescolio del nostro essere, un maschio e una femmina. Ho scoperto il partner ideale a 48 anni. Avevo provato per trent'anni uomini di tutte le razze e nazionalità e mi ritrovavo con quest'uomo incontrato per caso, con un accento fortissimo del suo cantone di Neuchatel.

Si chiamava Edmond. Ci vediamo ancora oggi a 82 anni.

Non è il caso di entrare nei dettagli, miliardi di uomini e donne lo fanno da secoli. Solo che questa volta eravamo affiatati e affini come pezzi di un puzzle molto elaborato. Ero stupefatta di esercitare una reazione così forte su un uomo, ma soprattutto di sentire tutto il mio corpo abbandonarsi a lui, dalla punta dei capelli alle dita dei piedi. Gioiva pure l'alluce del mio piede.

Edmond aveva quattro anni più di me, vedovo con tre figli grandi e autonomi, viveva con una donna sua coetanea in un paesino vicino a Friburgo, era pediatra. Non parlavamo molto né volentieri, ci bastava guardarci, toccarci, arrotolarci, avvinghiarci eccetera ... Il prossimo appuntamento fu preso sempre a Lausanne con lo stesso scenario.

Tornare dal miei genitori non fu l'idea geniale del secolo. Vivevano sotto lo stesso tetto, Giorgio lavorava tutto il giorno, cenava dalla sua morosa, tornava a mezzanotte per dormire in camera sua, mia madre al solito andava in banca, i conti erano la sua passione, si occupava di associazioni varie, preparava il terreno per le elezioni ormai prossime, sponsorizzava Françoise in tutti modi, non c'era più posto per me. Tersilio cenava con Isolina poi spariva.

Biglietto di sola andata

7 Milano

La mia cara Charlotte era morta da vent'anni, mi aveva lasciato tutte le sue economie che non avevo speso.

Dopo un'offerta a Milano di dirigere il supplemento domenicale di un giornale, mi comprai uno studio in una zona verde, vicino al castello Sforzesco. Mi sentivo Italiana, avevo bisogno di parlare e scrivere in questa lingua. La Francia era arrivata troppo tardi nella mia vita. La mia appartenenza era verde bianca rossa, la "Marsigliese" una battagliera madre d'adozione. Il mio problema da molti anni era di essere Italiana in Francia e Francese in Italia. Ero una miscela di cultura, mai a casa da nessuna parte. Ci provavo con la Lombardia, non avevo niente da perdere e mi sarei trovata a sole tre ore di treno da Lausanne.

Stavo diventando schiava dei miei sensi, una cinquantenne vogliosa, avrei urlato dal ridere, due anni fa, se mi avessero detto che sarei salita sul treno, eccitata al pensiero del prossimo incontro con Edmond, un tumulto sensoriale molto voluttuoso. La vita è sorprendente, non faccio mai progetti, vivo alla giornata, non mi aspetto niente. So bene che Edmond ha la sua vita con un'altra, quello che ci lega mi basta, anch'io ho il mio lavoro, gli amici del giornale. Non siamo compatibili all'infuori del letto. Il vantaggio dell'invecchiare è di capire e accettare i regali che ti cadono ai piedi, senza porsi domande imbarazzanti. Credo di avere vissuto in quel periodo i momenti più gratificanti degli ultimi quarant'anni. Il lavoro mi piaceva, avevo finalmente qualche amico, amica con delle affinità elettive, direbbe Goethe, il mio corpo non poteva lamentarsi, facevo molto sport, camminavo, sciavo, sessualmente andava a gonfie vele. Non c'era amore, questo sentimento si era spento con la morte di Bepi. Se avessero saputo, mia madre avrebbe urlato, mio padre pure: loro due mi adoravano, ma solo da lontano.

Condividevamo il sangue, i nostri valori fondamentali, molecole ereditarie, il nostro DNA, ma non ci sopportavamo più di mezza giornata: pazienza. Giorgio era molto fiero del successo della sua impresa, stava bene in Francia, faceva l'amore con una Francese, mangiava e pensava in italiano a casa della moglie. Si sentiva integrato nella comunità che si era scelto da giovane. Non aveva stati d'animo, per lui l'equilibrio era perfetto. Isolina viveva da Francese con un passato italiano, parlava e viveva solo in questa lingua, i suoi conoscenti erano locali, era cornuta (in italiano), situazione non facile, ma che preferiva ignorare per convenienza economica.

Non capivano la mia voglia di tornare a vivere a Milano, di sentirmi a casa in Lombardia, dopo Parigi, Londra, New York eccetera ... Per loro era incomprensibile, si sentivano traditi.

Non ho mai parlato a nessuno della ragione dei miei continui viaggi a Losanna, un pretesto lavorativo di comodo, credibilissimo, sia per i miei genitori che per gli amici.

Scoprire la bellezza delle nostre funzioni naturali, a cinquant'anni, non è da tutti. Quante mani, peli, labbra e tutto il resto avevo toccato con piacere; molte volte mi ero quasi innamorata, solo per modo di dire, però. Mi succedeva ora come un clic secco, la farfallina nello stomaco, al solo pensiero di questo "benedetto" uomo. Non aveva niente di speciale, fisicamente normalissimo, la magia operava ogni volta forte, intensa, perché era lui, perché ero io, in questo preciso contesto (ho rubato l'espressione a Montaigne).

Mi hanno dato sempre fastidio le conversazioni, le confidenze esplicite con tanto di dettagli precisi sulle prestazioni amorose, tra noi donne. Tenevo, gelosa, un giardino ultra segreto, eravamo due esseri umani in un posto anonimo, un albergo sul lungolago, soli al mondo, senza testimoni, liberi di disporre del nostro corpo come meglio credevamo.

La vita bizzarra di un reporter facilita molto il quieto vivere fuori dalle regole. "Never explain never complain" dicono gli inglesi (niente lamenti, niente spiegazioni).

Però Marina, la mia collega più vicina, mi chiedeva ogni tanto se la mancanza di figli ... di un uomo vicino ... Era separata con due figli, allevata dai nonni: rispondevo seriamente di sì, che mi dispiaceva, ma che si sa, la vita a due, certo che un compagno, ma a quest'età con la menopausa alle porte, viaggiavo, mi bastava così...

Me la spassavo alla grande, come non mai, uscivo tutte le sere, vedevo mostre, spettacoli, balletto alla

Scala, concerti, film, anche due per sera. Trascorrevo due giorni roventi al mese. Vedevo i miei genitori ogni sei settimane, guidavo una piccola mini Cooper verde che non chiudevo mai, funzionava come me, benissimo. Passato il (tunnel del San Bernardo, quando avevo più tempo a disposizione, mi fermavo dagli zii a Domodossola, passavo il colle del Sempione, attraversavo il Vallese, mi fermavo a Sion per il piacere di salire ai castelli in mezzo alle vigne. Cosa si può desiderare di più, un tetto, piccolo, ma c'era, il cibo non mancava, la macchina, un uomo a mezzo servizio, la salute, tutto piuttosto bene, insomma.

8 Problemi famigliari

Biglietto di sola andata

I miei genitori mi preoccupavano. Mio padre voleva la separazione, mia madre urlava "piuttosto morta". Tersilio stava in mezzo e tentava di placare mio padre. Mia madre diventava bisbetica con l'età, mio padre non la sopportava più.

Si respirava una pace relativa al mio arrivo, che degenerava presto in lamentele seguite da lacrime. Invitai mio padre da solo a pranzo: chiuso come un riccio, gli spiegai che dopo 55 anni di matrimonio e altrettante di corna, poteva portare pazienza, bastava non tirare troppo la corda. Isolina rompeva le scatole non solo a lui, invecchiava male, udiva male, era offesa dal fatto di diventare dipendente da un aiuto domestico, tirchia come non mai teneva sempre i cordoni della borsa molto stretti, Giorgio dipendeva da Isolina, che verificava tutte le sue spese. Chiamava la ex sportiva di mio padre "la sua troia", esasperata, inveiva contro quella li, noi, e tutta la famiglia.

Non sapevano invecchiare con grazia: erano diventati due teste calde di vecchiacci.

Isolina morì di colpo di una emorragia cerebrale fulminante. Incavolata come al suo solito, crollò in cucina davanti a mio padre. Non svenne, ma quasi, i sensi di colpa gli arrivarono addosso in un attimo. Santificata da morta, non gli diede più pace.

Non potevo lasciarlo solo con Tersilio in questa casa troppo grande, scoprii che il gruzzolo amministrato da mia madre ammontava a 4 milioni di euro. Tersilio e Giorgio lasciarono la gestione della ditta a un nipote figlio di Erminio, con la casa; andarono a vivere in un condominio con un aiuto domiciliare nel centro della città vecchia. Potevano andare a giocare a carte con i loro amici di una vita, tutti giunti dal Piemonte, da anni. Due uomini soli, vecchi dongiovanni a riposo, però con il vizietto non del tutto spento. Erano ancora presentabili, non di ultimo pelo, ma vogliosi di piacere ancora alle donne, ovviamente con trent'anni meno di loro.

La linea ferroviaria Milano-Vallorbe divenne il percorso bimensile, perno della mia nuova esistenza. Scrivevo in treno, stavo per alcuni giorni con i miei due birbantelli: ridevano molto assieme, non accettavano la degradazione progressiva della vecchiaia e temevo che prendessero del Viagra. Non sbagliavo, sei mesi dopo la morte d'Isolina, mio padre stramazzò nel letto di una signora sposata. Non ci fu scandalo, il marito della donna era all'estero per lavoro, nessuna rivelazione trapelò, la discrezione della polizia fu assoluta ed evitò ogni pettegolezzo in città. Fu cremato, il mio bellissimo padre, avrebbe apprezzato questa sua uscita di scena; Tersilio ammise che tutti e due facevano uso di un aiutino da anni, che per conto suo trovava stupendo morire facendo sesso, punto e basta.

Il nipote ormai alla guida della impresa Cedrini chiese a Tersilio di venire a vivere con loro. Tersilio fece i bagagli, comprò un appartamentino a Domodossola, salutò tutti con una baldoria di commiato. Giorgio, Tersilio e Isolina erano soci, ci siamo divisi i contanti (metà) A metà. Per la prima volta avevo un conto in banca confortevole, mio zio, come me non era mai stato un risparmiatore, ma non avevamo figli, i nostri nipoti (tanti) avrebbero ereditato l'impresa, potevamo spendere tutto senza problemi.

Strano a dirsi, avevo i soldi, ma desideri zero, sogni nel cassetto nemmeno. Tersilio era vicino a me, a un'ora di macchina; la Francia ormai un ricordo. Il lavoro mi piaceva sempre di più, competitivo ma non mi dispiaceva affatto, mi sentivo viva grazie anche alle scampagnate a Lausanne.

Biglietto di sola andata

9 Maledetta vecchiaia

La "chimica" tra le persone è veramente incredibile. L'ho constatato con i miei cani e gatti. Con Isolina non eravamo mai stati in sintonia, Giorgio mi schivava, con Charlotte ci capivamo senza parlare. Mi accorgo quanto poco ci ci siamo conosciuti veramente tra i Cedrini, i Rossi, anche con i nostri zii, cugini: affinità, sensibilità assenti. Mi trovo con un perfetto sconosciuto, ci vado a letto senza fare una piega, perché? Con Bepi era un sentimento, non una sensazione, magari narcisistico, ci rispecchiavamo l'uno nell'altro, non c'entrava l'animalità. Ci siamo incontrati in un periodo di grande innocenza, senza appartenenza solida. "Gracias a la vida" che ci ha fatto incontrare. Durato 17 anni frammentati.

La mia vecchiaia è arrivata come per tutti di colpo. Non ci credi, avevi avuto tutto il tempo di prepararti, ma non ci pensavi nemmeno, che idea? Cosa vuoi che sia, un decorso naturale, ci si abitua, bisogna farlo con grazia, se no diventi patetico. Parole parole ...

Una sbarbatella ti lascia il posto nella metropolitana, ti si fa lo sconto terza età senza chiedere il documento, la parrucchiera ti vuole tagliare i capelli, fare le mèches, vai dal pedicure perché non riesci più a tagliare le unghie da sola. Le creme non bastano più a nutrire la pelle, sempre più affamata.

Passi la tua vita dai centri diagnostici, dai medici, dal farmacista, sei buona cliente di tutta una categoria di specialisti di cui ignoravi l'esistenza solo qualche anno fa.

Poi ti succede la tegola, il cancro al seno, professori raccomandati dai colleghi di medicina generale, operazione, zac, cucitura perfetta, tetta ridotta, ghiandole spia ascellari, ciao la sensibilità.

Radioterapie, poi la marcia superiore, chemio, poi cinque anni di pillole, e poi non ne puoi più.

Ti cadono sulle spalle vent'anni di colpo, sei stesa al tappeto KO, ma cosa ho mai fatto di male! Vai dallo psy per tirarti su. Non si muore dunque, si è solo scassatissimi, quella vecchia allo specchio, sarei io? gli effetti secondari si sono fatti strada nelle ossa, si cammina male. La stanchezza fa parte di te per qualche anno, almeno così si spera.

L'amico Edmond mi è stato vicino, siamo rimasti assieme in uno chalet affittato nelle Alpi Vallesane per una convalescenza più morale che fisica.

Il sesso era già morto da qualche tempo, non eravamo più nemmeno grandi amici, troppo diversi, ma ci legava la "chimica" che rimaneva della nostra passata promiscuità ottimamente affiatata. Dimmi come giaci e ti dirò chi sei!

Mi conosceva bene, non giudicava, ma sapevo quanto il mio modo di vivere gli desse sui nervi. Anche il suo mi urtava. Sono sempre stata fatalista e credo solo al *Carpe diem*. Meticoloso all'eccesso, appuntamenti a data fissa, orari, si mangia a midi, si cena alle 19, ci si alza alle sette eccetera ... Poverina sua moglie. Mi chiedo per quale miracolo questo uomo così ossessivo si trasformasse in un amante da antologia.

Lo giuro, non idealizzo i ricordi, questo uomo era un vero fenomeno a letto. Il più grande rompi balle nella vita.

Si riparte in qualche modo, mi fa rabbia non avere più voglia di uscire, di viaggiare, di incontrare gente, sto bene nel mio guscio, con i miei libri. Ripenso ogni tanto al tremito di desiderio che mi faceva palpitare nel treno per Lausanne, con molta nostalgia, ero viva allora.

Il mio ultimo compleanno ha segnato gli 82: incredibile, l'ho festeggiato da sola, il tempo era splendido, eravamo in quarantena, la televisione trasmetteva sono bruttissime notizie. Ho letto una novella di Jean Giono, *L'uomo che piantava alberi*, una delizia, molto meglio di una torta. A proposito, dimenticavo : succedono delle strane cose nella vita. Tutta la famiglia sa che Tersilio e io possediamo un certo gruzzoletto Cedrini. I cugini ti tempestano di messaggi, foto, sono in pensiero, in questa circostanza, sulle nostre condizioni di salute. Raccomandazioni a non finire. Non li conosco, ma sembrerebbe che ci adorino tutti, anche lo zio Tersilio, così simpatici come sono ... Bravi. Pesiamo 4 milioni di euro in due, non ci servono, con Tersilio ci divertiamo a immaginare di farli fuori in qualche modo rapidamente, prima che gli avvoltoi si siano serviti, o che noi cadiamo vittime dell'Alzheimer. Non mancano le opere di bene lo so, ma questi soldi sono stati sudati da operai, messi da parte da Isolina soldo dopo soldo, nessuno sprecava il denaro, a parte l'Alfa di mio padre. Non si sono mai concessi nulla, un pranzo in un bel ristorante, un vestito, viaggi, bei mobili: niente, sono soldi di ghiaccio. Non mi sono piaciuti, però non me la sento di toccarli, mi fanno pena, anche ribrezzo.

10 L'eredità

Biglietto di sola andata

Rimando a domani i pensieri, come sempre, somiglio molto a Giorgio, non ho ereditato nessun tratto del carattere d'Isolina. I ricordi felici sono sempre legati a quelli con la nonna, quando passavamo l'estate su in montagna. Con mia madre, nessuno: la vedo e la sento cantare, ridere. però mai con me; con Giorgio sono seduta nell'Alfa in autostrada a cantare la "Bella ciao".

Tersilio è morto a 93 anni, lasciandomi tutti quei maledetti soldi. Cosa me ne ne faccio, dico io?

So bene che li darò tutti alla ricerca per i ciechi e per l'Alzheimer. Al più presto mi farò consigliare, voglio liberarmi da questo fardello: Fondazione Isolina Cedrini. Per lo meno, che sia servito a qualcosa accumularli. Sogno amplessi convulsi con Edmond, mi sveglio sottosopra: alla mia età, fare dei sogni erotici! Rido di gusto. Spero che la morte mi prenda presto, la carcassa non mi regge più. Sto a letto per giorni, bevo acqua, mangio delle fette biscottate con il formaggio grana. Nessuno mi chiama. La quarantena è perversa, non amo questo mondo, l'ozono, il caldo, i politici, i Cedrini novelli.

Mi alzo alle tre del mattino, l'aria è pulitissima, la luna piena illumina a giorno la mia camera, sono felice di vederla, di guardare il cielo, di godermi una notte così perfetta.

Lo spettacolo della natura al risveglio mi fa bene, anche se lo posso apprezzare solo dalla finestra. Mi fa passare il magone, adoro guardare il merlo che "sorveglia" la casa, le foglie che crescono a vista d'occhio, il mio tiglio preferito che sta mettendo su una chioma magnifica.

Mi siedo all'ombra sul balcone e respiro l'aria pura di Milano, non ci sono più macchine in giro, l'unico lato positivo del coronavirus: niente chiasso nei giardini, solo qualche vicino di casa a passeggio con il suo quadrupede. I cani vivono la quarantena alla grande, giocano felici, si rotolano nei prati, si mordicchiano, si rincorrono, abbaiano a squarciagola di eccitazione, sono diventati padroni degli spazi verdi. Noi gli abitanti di una metropoli dobbiamo indossare delle maschere, dei guanti usa è getta, non avvicinarci troppo, per eventualmente fare un giro intorno alla casa: 200 m concessi una volta al giorno. I vecchietti come me se ne stanno in casa per non intasare gli ospedali inutilmente, in caso di contagio o di infezione.

Strano periodo, la gente si mobilita, tantissimi si danno da fare, si sacrificano per aiutare la carretta ad andare avanti, poi i soliti furbetti si fanno strada peggio del virus; c'è una canzone francese che dice "c'est la vie pas le paradis", è la vita non è il paradiso: questo l'abbiamo capito da tempo.

11 Carpe diem

"Viale del tramonto", il film con Gloria Swanson, è l'esempio perfetto da non seguire. Il mio mantra preferito è *Carpe diem*, vale oro. Sprofondo spesso nell'abisso della depressione, quando il mio corpo fa i capricci, allora odio il mondo intero, vorrei sparire o meglio non essere mai nata. Il suono di una voce, l'aroma del caffè, la luce dorata che illumina la stanza mi rimettono in sesto per qualche istante, la giornata prende un ritmo più andante, ma non troppo.

Ricorro a uno stratagemma quando il nero tinge tutto intorno a me: bevo un bicchiere di Valpolicella Classico e mangio un pezzettino di grana, qualche volta ho bisogno di ripetere l'operazione più volte, ma funziona. Alla sola evocazione del nome di Edmond, impazzivo: nei primi tempi della nostra relazione, mi arrapavo dalla testa ai piedi. Ora tremo di rabbia repressa, di frustrazione. I vecchi sono spesso incavolatissimi, indignati senza una ragione specifica, per principio e basta. Vorrei quasi rimettermi a fumare, non ho più niente da perdere, come il primo sorso di birra.

Aprire il pacchetto con cura, tirare la sigaretta con due dita, mettersela in bocca, profumata, deliziosa, accendere con un Dupont che fa Toc, espirare lentamente il fumo e far uscire con cura la prima boccata dopo la tazzina di caffè, estasi garantita è; sono trent'anni esatti che ho smesso, quanto mi manca ancora. La droga non fa per me, anche se l'occasione non è mancata, anzi, sia di sniffare della coca, sia di fumare Hash e Marihuana, sia di "viaggiare" con LSD. Ho provato, è andata talmente male che ho capito che non sarai mai stata tentata di riprovare. La mia famiglia era astemia, io no, amo il vino, il Jack Daniel, ma odio essere ubriaca, reggo bene l'alcol, ma non la sbronza. Il cibo era il mio vizietto preferito, ho speso una fortuna in ristoranti, non mi pento, ma rimpiango di non poterlo più fare perché il mio vecchio sistema digestivo fa le bizze. Seguo una dieta per non soffrire, senza più il piacere di gustare una leccornia. Riassumendo, non si mangia, si beve poco, non si fuma, niente sesso, si ride poco, gli amici sono spariti. Esiste solo una parolaccia per concludere, pero' c'est la vie ...

La vie est bizarre
Un vrai traquenard
On ne s'en sort jamais
Ni de loin, ni de près.
Elle nous passe sous le nez
A la vitesse d'un TGV
On la regarde partir
En retard pour finir
Le contrat était truqué

Maddalena

Biglietto di sola andata

Un glicine bianco al profumo di miele copre la facciata della casa, il sole illumina i grappoli, si intravede tra i rami la sagoma di un gatto sdraiato al fresco, il sorvegliante vigile di un eventuale movimento di qualsiasi natura.

Vivo in questo posto isolato del Piemonte, a 750 m di altitudine, le montagne formano una cornice grandiosa intorno al fondovalle. Sopra la porta è incisa una data, 1611: muri di sasso, tetto pure, prati terrazzati. Nel frutteto un albero di prugne, amarene, mele, cespugli di ribes, mirtilli. Una seconda casetta a fianco è usata come magazzino e ufficio, semisepolta da una bignonia esuberante.

La casa più vicina dista 150 m più in su, a 900 m, la strada sterrata si arrampica nel bosco, percorribile solo con un fuoristrada o un trattore.

Il luogo ideale per l'asociale che sono io. Mi ci sono trasferita per caso, una decina di anni fa, avevo appena compiuto 60 anni. Il mio ex marito aveva trovato una compagna più giovane, che lo gratificava di più. Non ne fui sorpresa né afflitta. Una nuova vita mi si apriva, spalancata. Finalmente libera, sola con un cane, non come un cane …

Sono sempre vissuta in città, amavo la montagna, scoprii il mio nido d'aquila durante una passeggiata. Quando dissi ai miei amici dove mi volevo trasferire, risero di gusto, consigliandomi di affittare una baita e di riflettere. Avevo in testa un piano, nel passato lo chiamavo un sogno.

Restaurare vecchi mobili rustici, utensili, cose per reinventare loro una nuova destinazione. Non avevo problemi economici, senza essere ricca, mi bastava quello che mi serviva, non avendo bisogni esosi.

La città distava 14 km, la metropoli un'ora e mezza sia in treno che in macchina. Il posto mi apparve ideale, potevo portare con me il mio gatto, andai al canile per adottare una volpina meticcia di 11 anni.

Il primo anno non fu facile ambientarsi. L'inverno inizio presto, nevicò parecchio, riscaldare la casa occupava la giornata. Chi lo avrebbe mai immaginato in città con i termosifoni … Conservavo la cenere del camino per stenderla sui gradini gelati come antiscivolo.

Conobbi una coppia di anziani locali che si divertirono a insegnarmi i vari trucchi di sopravvivenza in ambiente montanaro, rurale. Ridevano della mia ignoranza, mi vendevano delle uova, delle verdure, dell'insalata amara. Non sarebbe bastato il resto della mia vita per imparare, a quanto risultava.

Conoscere le usanze, capire il dialetto, le giornate si succedevano a un ritmo inverosimile. La primavera si rivelò in tutta la sua magnificenza per farsi perdonare i mesi precedenti. Non si può immaginare il lavoro che richiede il solo vivere in un casolare come il mio. Non sono una che si alza presto, amo troppo la notte, ho dovuto adeguarmi all'ambiente. Il cane si chiamava Bri-Bri, una femminuccia dolcissima con un passato pesante, divenne la mia ombra. Tagliavo la legna, accendevo il fuoco, scaldavo la pappa, pulivo le scale, il terrazzo, le piante, uscivo con il mio piccolo fuoristrada per andare a fare la spesa, comprare il giornale, spettegolare, poi tornavo nell'eremo.

Incominciai a conoscere qualche persona, un po' alla volta. Incuriosivo, perché una donna vecchia, sola, cittadina, veniva a seppellirsi in un posto così isolato se non aveva niente da nascondere, qualche fattaccio segreto da fare dimenticare. Chissà?

Ogni giorno passava qualche visitatore, offrivo il caffè. Non bussavano mai. Sentivo gridare "ci sei", come no, certo che c'ero, e come, sfilò quasi tutto il villaggio, curioso di vedere di persona come viveva questa pazza di sopra (mi chiamavano la milanesa). Le visite si fecero più rare, sporadiche, saltuarie, amichevoli.

Non cercai mai di integrarmi, era senza senso, mi bastava riuscire a convivere in armonia, nella misura del possibile. Sarei stata a vita la forestiera, la milanese. Non facevo parte della comunità, essere accettata era sufficiente.

BriBri si rivelò una guardiana feroce, Micia ex cittadina ebbe qualche difficoltà con la natura intorno a noi, un metro alla volta, con cura, diffidente, tentò l'ispezione sistematica del luogo. Non gradiva BriBri, ma i patti furono chiari, ognuno faccia la sua parte, BriBri il cane, Micia il gatto. Che sia chiaro. Ho festeggiato i miei 60 anni da sola, con un bicchiere di "möt ziflon" (vino delle colline novaresi) e un uovo sodo, fuori sul balcone, il gatto seduto a fianco sulla panca di legno, BriBri sdraiata ai piedi, le cime innevate brillavano del cielo terso, cosa desiderare di più? Siete dubbiosi?

Era una giornata perfetta, tranne l'età, i capelli bianchi, le rughe, pazienza. Ero una frequentatrice di mercatini dall'infanzia, sempre alla ricerca dell'oggetto unico, il tesorino nascosto proveniente da chissà dove. Minimalista, mi accontentavo di poco, ma non di qualsiasi cosa. Non avevo mai un'idea precisa nelle mie ricerche, andava dal vecchio chiodo forgiato a mano seicentesco all'armadione difficile da ambientare. La mia nuova casa per fortuna offriva uno spazio esagerato, avrei potuto sfogare la mia voglia di accumulo.

Questa passione mi perseguitava da sempre, facevo il giro delle discariche, rovistavo le pattumiere dei miei amici che mi regalavano volentieri gli scarti di casa: biancheria, vestiti, borsette, cappelli, bicchieri, eccetera.

Non c'era limite alla mia fame senza fondo. Non andavo mai accompagnata durante i miei giri domenicali in Lombardia, Piemonte, Emilia fino in Toscana. All'estero la Francia mi riforniva di lenzuola ottocentesche, tovaglie di pizzo, l'Inghilterra l'argenteria. Non esisteva un solo oggetto di carta, stoffa, legno, ferro, lana, vetro, che non fosse interessante anche se sbeccato, con una gamba rotta, bucato, al contrario, più vissuto e un po' ammuffito prometteva mesi di ritocchi di lavoro. Puro piacere.

Dopo tanto frugare capitava di scoprire il copriletto matrimoniale di una defunta trisavola, nuovo di corredo, mai usato, non più gradito all'ultima generazione che lo svendeva per il prezzo di un pacchetto di sigarette.

Si può gioire per così poco? O! Sì, sì, sì. Il drogato dei mercatini sa di essere il solo a scoprire il vero valore delle cose; custodirle con devozione è, senz'altro, un vizio monomaniacale, ma chi se ne importa, io no.

Le case del XX secolo somigliano alla popolazione. Le finestre occupano le pareti, la mobilia è sparita, i divani sono immensi, occupano lo spazio maggiore dei soggiorni, con televisori XXL. Gli architetti orientano il gusto con lo svuotamento dello spazio, sono rimasti solo i letti, i tavoli, le sedie, arredi difficili da eliminare. Queste nuove sistemazioni si ritrovano in città, in montagna, al mare: vetrate, spazio, grigio, bianco, salone enorme, camere minimali.

La popolazione è cresciuta in altezza di 20 centimetri, sarà la ragione per la quale l'arredamento si è adeguato.

Io sono l'esatto contrario, accumulo tappeti, stoffe, le finestre sono piccole, gli ambienti pure, come il bagno. In compenso le cantine sono enormi, ne ho tre che posso sfruttare a mio piacimento.

Sono stata sposata trent'anni, ho condiviso la vita, i gusti di un'altra persona, faccio ancora fatica a capacitarmi che non ho più conti da rendere a nessuno. Mangio quando ho fame, esco quando ne ho voglia, posso spostare mobili alle tre del mattino, un lusso unico.

Non ne conoscevo la modalità d'uso. Ci vuole un apprendistato anche per usufruire in pieno della disponibilità totale di se stessa. Non è per niente evidente fra i genitori, la scuola, la famiglia, il matrimonio, i figli (non nel mio caso), cose che ti insegnano l'arte del compromesso per il quieto vivere, il rispetto verso gli altri, l'educazione. La vita di una persona normale è lastricata di doveri, di obblighi, di compiti. Cosa significa disporre del proprio tempo ventiquattr'ore su 24, per fare o non fare cosa? I sensi di colpa hanno la vita dura, disfarsene è quasi impossibile.

Le giornate iniziavano con il gatto sdraiato sulla sponda del letto che si leccava la pelliccia scaldata dal raggio di sole filtrato dalle tende. BriBri mi guardava, sul suo tappetino, allora ti alzi o no? Che si fa?

Adoravo rimanere immobile, gli occhi chiusi nell'oscurità, senza fretta di iniziare una nuova giornata. Niente colazione, scendevo nel giardino in camicia da notte, BriBri alle calcagna, il gatto scodinzolante nella rugiada. Pura beatitudine. Ero felice di respirare, di guardare intorno a me, un po' alla volta, un'idea prendeva forma impellente, mi mettevo al lavoro nella rimessa, per ore. Pulivo con frenesia, poi la fame si faceva sentire, cucinavo un risotto, una pastasciutta, delle verdure, dormivo due ore nel pomeriggio.

Seguivo il cane e il gatto sul sentiero nel bosco, tornavamo all'imbrunire, mi rituffavo nella rimessa. La cena era sempre frugale, pane, formaggio, frutta. Cucinavo solo per i miei animaletti. Leggevo fino alle due del mattino, andavo fuori a salutare la notte e il cielo stellato. Dormivo come un ghiro. Ogni tanto mi svegliava il grido di un tasso, o di una faina, BriBri rizzava le orecchie, micia le abbassava a 45°. Poi tornava il silenzio. Non mi sono mai annoiata un istante anche se le giornate si succedevano quasi uguali, mai simili. Detto in questo modo non sembra appassionante, per me era un regalo.

Il lavoro di restauratore di opere d'arte, di oggetti preziosi, richiede un notevole studio, un apprendistato specifico. Non era il mio caso, ero una autodidatta maniaca e perfezionista, amante di cose buffe alle quali dare una nuova funzione: laccare delle sedie, dei tavolini, alla giapponese, vernice, carta vetrata almeno una dozzina di volte. Il risultato era straordinario.

Ho preso una licenza di venditore ambulante e inaugurato il mio primo mercatino a Milano sul Naviglio, non più come cliente, ancorché!

Levataccia al buio, caricato il fuoristrada al colmo della capienza, mi accompagnava BriBri. L'autostrada era vuota, vista l'ora, arrivai al mio posteggio lungo il canale alle 6:30. Stretta tra un venditore di libri antichi e uno di vestiti firmati. Non potevo desiderare un posto migliore, nessuna concorrenza, anzi.

Il libraio veniva dal Veneto e i vestiti da Bologna (una signora scicchissima strafirmata Chanel, Armani, Versace). Faceva un freddo micidiale per un mese di maggio, ero emozionata come un giorno d'orale al ginnasio. Bevevo dal thermos per scaldarmi, capii presto che il bar vicino osservava con un occhiataccia l'andirivieni degli espositori che usavano i servizi.

Alle 7:15 ho venduto un tavolo laccato rosso scuro a un cliente abituato a tirare per le lunghe per farsi fare uno sconto vergognoso. L'ho accontentato si capisce, il divertimento abituale, dici 1000 l'altro risponde 650 e finisce a 420 chissà perché, è la regola del gioco da entrambe le parti.

I miei vicini non erano ciarlieri, abituati da anni, professionisti delle bancarelle, ognuno o leggeva o giocava con il telefonino. Ho visto vendere un cappotto

Chanel di trent'anni fa alla modica somma di 1300 €, in quanto alla borsetta Hermès, i bisbigli continui a bassa voce mi sembravano espliciti. Il vintage andava di moda, che tempi incredibili.

I visitatori furono tanti al mattino, vendevo solo oggetti piccoli, poi verso l'una una donna comprò il mio pezzo forte, una poltrona foderata di seta cipria, una meraviglia. Ero sconvolta dalla felicità, andava alla grande. Mi ero giurata di non spendere una lira, ma ho visto un vaso talmente bello che ho sborsato troppo, tanto si capiva quanto mi piacesse, bravo il collega. Ma che importava? Dopotutto i soldi entrano e devono sparire per forza.

Ero stanca morta alle quattro del pomeriggio, sapevo che il regolamento stabiliva di smontare alle sette. Ci vollero tre espressi zuccheratissimi per non crollare.

Il ritorno fu trionfale, avevo venduto i pezzi più importanti. Liberata la macchina, BriBri dormì per tutto il viaggio, sdraiata sul sedile posteriore tra un paralume, ombrelli, sgabelli invenduti.

Questa si che è vita, un po' zingara, un po' nella natura, tanta lettura. La pacchia. Ho conosciuto un uomo che vendeva dei blocchi interi di mobilio, utensili rustici che comprai senza esitare. La somma importante, mi garantiva un lavoro di almeno due anni.

Frequentavo tante persone che si divertivano con i mercatini senza farne un grande commercio. Ci capivamo al volo, ma non eravamo amici. Incontrai una coppia di miei coetanei che girava il mondo con la nostra passione. Saggi, comperavano dopo avere venduto, ma ugualmente sempre in rosso, simpaticissimi. Si chiamavano Claudia e Mario, di origine umbra, ex farmacisti, a 55 anni i loro figli sposati, vendettero tutti i loro beni per andare ad abitare la casa ereditata dai nonni vicino a Lucca. Non se ne pentirono. Claudia era specializzata in oggetti del settecento. Suo marito del periodo risorgimentale, collezionista di gioielli antichi.

Ci siamo innamorati per affinità. Viaggiavamo spesso assieme all'estero. Ci ospitavamo appena l'occasione si presentava, vale a dire spessissimo. Il loro Golden Retriever andava d'accordo con BriBri. Mi risultava incredibile di essere mai vissuta in un altro modo. Avevo cancellato i tre quarti della vita precedente senza rendermene conto.

La passione di una vita è sempre stata la carta. Ho visitato tanti mulini che purtroppo hanno chiuso la loro attività centenaria, uno dopo l'altro. Nel corso degli anni ho comprato tonnellate di carta fatta a mano per incisione e stampe artistiche. Ho imparato la rilegatura, il restauro di libri antichi, vecchi, preziosi, per il piacere di toccare certe xilografie incantevoli.

Ho scoperto dopo i sessant'anni il piacere di lavorare e vivere con gusto, quanto tempo sprecato in precedenza, mi sembrava di essermi sdoppiata, non mi riconoscevo, non ero la stessa persona.

Ho imparato a viaggiare, a comprare, a mercanteggiare grazie a Claudia e Mario. Ogni paese si rivelava grazie al suo patrimonio artigianale e artistico. Abbiamo capito l'anima di tanti popoli frugando nelle vestigia anche modeste del suo passato (per non dire nelle sue discariche). Non accumulo più, seleziono con cura, come in tutti i mestieri si impara con l'esperienza (evidente a dirsi, non a praticare).

Non vado più a vendere nei mercatini, sono troppo anziana ora, è faticosissimo. Sono passati 15 anni da che vivo sempre nell'eremo.

BriBri se ne andata a 16 anni, Micia a 14 anni, ho troppo pianto, non ho più animali.

Do da mangiare a due micie tartaruga che vivono in un rudere. Le ho fatte sterilizzare, vanno e vengono quando ne hanno voglia. Non voglio affezionarmi, sto alla larga, mi pesa però. Mario anche lui non c'è più. Claudia viene spesso a stare con me, lavoriamo bene assieme, lei sulle tappezzerie, io con i libri.

Conosciamo rigattieri e antiquari dovunque in Europa. Ci danno del lavoro alla misura delle nostre capacità. Sono una vecchia candela, la cera è crollata intorno allo stoppino, come la vita, rimane una fiamma un po' fiacca, come me.

Sono calma e serena, che bella vita sto facendo ancora, quanta gente meravigliosa ho incontrato durante gli ultimi anni. La vecchiaia mi è stata regalata come la stagione più feconda, la migliore della mia vita.

Teresa e Paola

Era un pomeriggio di maggio assolato, caldo, profumato, il parco Sempione, rigoglioso come non mai, attirava numerosi visitatori.

Passeggiavo col mio cane Milo, alla ricerca della nostra panca preferita, all'ombra deliziosa di un tiglio (il mio preferito). Da anni adoravo questo angolo dove mi rifugiavo per leggere; anche Milo, un meticcio di piccola taglia, chiaro di pelo, apprezzava l'ombra e il guardare passare i suoi eventuali compagni di gioco. Ci eravamo impossessati di questo posto e non desideravamo condividerlo, questo era chiaro.

Leggevo un libro di Barbery, che parlava di cibo, quando una vecchietta mi chiese il permesso di sedersi (avevo settantotto anni, portati male, ma mi sembrava più anziana di me, era tutto dire). Non potevo rifiutare, in un parco pubblico, ma data la mia mala grazia, speravo che se ne andasse via. Nossignori, non scoraggiata, poggiò la sua borsetta sedendosi con un grande sorriso.

Milo la osservava torvo, come me apprezzava la quiete, non cercava la compagnia di nessun umano. Misi in chiaro che non intendevo fare conversazione, desideravo solo leggere. Si scusò dell'intrusione, spiegando

che tutte le panche libere erano al sole e che non regge-
va il caldo (ti pareva!). Fece poi una carezza a Milo, è ri-
saputo che i cani sono il pretesto ideale per obbligare il
proprietario a socializzare, furbetta!
Vecchietta: Che deliziosa bestiolina, chissà che compa-
gnia le fa.
Paola: Si capisce…
V.: Le piace cucinare?
P.: Neanche un po', vivo da sola, sono a dieta. Il cane
mangia solo delle crocchette.
V.: Però il suo libro parla di cibo vero?
P.: Semplice curiosità.

Tacque finalmente per un po', continuai a leggere ridendo sotto i baffi della mia scontrosità, ignorata quanto bastava dalla mia vicina.
Tosta questa donna!

P.: Perché le interessa tanto il cibo?
V.: Perché era il mio mestiere.
P.: Poveretta, chissà che vita difficile…
V.: Un mestiere monopolizzato da uomini, ma c'è
qualche eccezione, io per esempio, ero chef stellato al
Palace durante vent'anni con una squadra internazio-
nale.
P.: Però!
V.: Sì lo so, non ho il look di quelli che vede alla tele-
visione, ora ho 79 anni, perciò…
P.: Perbacco, bella vita la sua!
V.: È stato stupendo finché è durato, questo sì.
P.: sospirando. Invecchiare non è un regalo per nes-
suno.

Silenzioso Milo guardava la signora senza fiatare.

La mattina mi ero alzata male, avevo il morale sotto lo zero, chiusi il libro e squadrai ben bene la chiacchierona. Era di statura media, vestiva all'antica di un completo scuro e di una camicetta di seta cinese. Piuttosto esile. I suoi capelli erano raccolti, sale più che pepe, senza gioielli, la sua borsa era piccola a tracolla. Modesta, ma impeccabile, sapeva di sapone. Mi disse di chiamarsi Teresa, siamo rimaste sedute quattro ore (povero Milo).

Mi parlò della sua infanzia in Emilia Romagna, dove la sua famiglia viveva in autarchia, mangiavano quello che producevano, compravano solo l'olio. Le donne cucinavano con perizia da generazioni. Si sentiva debitrice di sua nonna, della zia, della madre. Conoscevano i legumi, le carni, l'uva, i vini, avevano ricevuto un dono nel loro DNA che si tramandava da madre a figlio.

Mi affascinava il suo modo di parlare, comunicava con facilità, si sentiva una natura generosa, però abituata a comandare.

Vedova senza figli, con pochi mezzi a disposizione, aveva lavorato per 20 anni come chef in un prestigioso ristorante milanese. Una sera, dopo una giornata pesante, scivolò per le scale, si ruppe il polso, quattro dita e l'avambraccio destro. Ci mise sei mesi per riprendersi dopo due operazioni e la rieducazione. Dirigeva ancora la sua squadra collaudata, con fatica. I suoi collaboratori l'apprezzavano, ma lei non era più sicura di sé stessa, le mancava la forza fisica. Dopo qualche mese inciampò, e si ruppe il braccio sinistro e il gomito. L'incidente mise fine alla sua carriera. Subì altre operazioni, rieducazioni infinite, dolori di schiena, la sua vita era diventata un incubo. Era di natura combattiva, ma tutto ha un limite. Non amava dirigere senza essere anche partecipe. Nella sua cucina sapeva trovare il tocco magico, però era diventato impraticabile nelle sue condizioni. Aveva ritrovato un po' di mobilità, non aveva recuperato la sensibilità delle dita, il gomito impediva qualsiasi illusione per il futuro. Decise di abbandonare. Era abituata a vivere con uno stipendio confortevole, ora doveva accontentarsi di una pensione d'invalidità. Non faceva la fame, ascoltavo assorta perché il destino ci rendeva solidali.

Avevo lavorato nel disegno di animazione per decenni, adoravo tutto, dalla creazione allo sviluppo, dopo una visita oftalmica seppi di soffrire di una malattia degenerativa della retina. Mi crollò il mondo addosso, non poteva essere vero.

Ci guardavamo tutte e due, Milo era stufo marcio, poi ci siamo messe a ridere come due pazze. Una orba e una con delle braccia inutilizzabili, che coppia di relitti! Con dei destini del cavolo. La vita ci aveva giocato un tiro mancino, ma adesso non eravamo più sole a rimuginare, io capivo lei, che mi capiva. Non era mai capitato a nessuna delle due. Dico bene, mai. È difficile accettare che ti si tolga l'unica ragione che hai di alzarti al mattino, per via di quel dono che fu tuo dalla nascita. Non si tratta di sentimenti, ma di vitalità o piuttosto della sua mancanza a questo punto.

Ormai eravamo due, Teresa e Paola, Milo muoveva la coda frenetico, ci alzavamo per abbracciarci.

Abitavo un appartamento grande, in una zona molto piacevole, Teresa una casa in periferia vicino a Binasco con un immenso terreno, un frutteto, un orto e tantissimi alberi e fiori. La sua casa era disadorna, minimalista. Solo la cucina era stata curata nei minimi particolari, almeno 50 m quadrati di superficie. Non mancava niente.

Acciaio ovunque, vicino alle finestre faceva mostra di sé un tavolone di pino naturale che poteva ospitare 20 persone e altrettante sedie. Il salotto si limitava a un enorme divano, un tavolino e un televisore murale. Le camere da letto comprendevano un letto e una poltrona, monacale. Niente specchi, tappeti, quadri. Niente di niente. Tutte le finestre guardavo il giardino, i rami degli alberi sfioravano i davanzali. Questa casa non era austera, la natura inondava ogni centimetro. Che personalità questa Teresa! Mi osservava sorridendo, immaginava dove andassi a parare, però si sbagliava, era solo il mio esatto contrario.

Non amo cucinare, accumulo tappeti, quadri, libri, oggetti, tavolini, barbotine, la mia casa è ridondante per non dire stracolma di "cose" che mi sono indispensabili, per il mio comfort mentale. Sono incapace di fare piazza pulita, sto bene così.

Teresa semplifica al massimo, per lei la funzionalità, la luce, la natura erano le sue priorità, senza alcuna concessione.

Mi invitò per la prima volta a pranzo, sul grande tavolo, coperto da una candida tovaglia di lino inamidata, con piatti di porcellana antica, posate d'argento, bicchieri di cristallo, fiori freschi e un centro tavola di frutta in una zuppiera ottocentesca d'argento. Il pranzo di Babette (ciao Brixen) versione Teresa. Il menù era frugale, sapeva che non mangiavo carne, una crostata di verdure, un'insalata, delle fragole del giardino. Semplice, bello, perfetto, grazie alla bottiglia di Gaja che riscaldò i nostri cuori.

Non potevo ricambiarla, la invitai in un ristorante che frequentavo da anni, senza pretese, mi piaceva l'atmosfera del locale e i suoi proprietari. Studiò con cura il menù, l'oste la conosceva di fama (era al corrente del nostro incontro).

Mangiammo di gusto le puntarelle, lo scorfano, il gelato al caramello salato, una semplice bottiglia di Vermentino, modesto, ma buono.

Ero in ansia all'arrivo a casa mia, nel mio casino. Rise di gusto già dall'ingresso, visitò tutto, spiegavo il perché di ogni cosa, annuiva, serissima, mi disse poi che mi rispecchiava alla perfezione. Le chiesi se dovevo prenderlo per un complimento o no? Rispose né uno né l'altro. Sei tu e basta. Come la mia è solo mia. La vita è semplice, ognuno la realizza con i suoi mezzi, come può. Ci siamo conosciute meglio durante l'anno, chiacchieravamo per ore al telefono, ci scambiavamo i soliti inviti a pranzo.

Le nostre finanze non erano floride, però possedevamo le nostre abitazioni. Sognavamo tutte e due di vivere in una città più piccola in Toscana. La decisione fu presa la notte di Capodanno con un bicchiere di champagne come augurio di riuscita del nostro progetto. Dovevamo vendere tutti i nostri beni per comprare due appartamenti vicini, al pianterreno di un edificio vecchio con un giardino indipendente, se possibile a Lucca.

Ci sono voluti due anni per vendere la casa di Teresa a un prezzo appetibile (per noi), il mio appartamento fu venduto in una settimana, mise all'asta l'arredamento, i libri, le collezioni di borsette, di vestiti vintage.

Trovammo un meraviglioso pianterreno in un vicolo vicino alla piazza dell'Anfiteatro, pieno centro senza rumore.

Affittammo una casetta durante i lavori di ristrutturazione, ricavammo 80 m quadrati per me e 120 per Teresa, più un giardinetto con gazebo. Avevamo ottenuto una bella cifra dalla vendita delle nostre case, però i lavori furono lunghi e più costosi del previsto.

Inaugurammo la nostra nuova vita due anni e mezzo dopo avere lasciato Milano. Il mio appartamento aveva un corridoio centrale e due camere a est e tre a ovest. Ho lasciato la disposizione originale, non mi piacevano gli spazi aperti, preferivo chiudermi in stanze con porte; una cucina, un salotto, due camere da letto, un bagno. Non avevo riempito lo spazio, ho conservato i miei cari quadri, stampe, tappeti, da vecchia saggia avevo venduto i pezzi grossi ingombranti.

Teresa aveva fatto abbattere tutte le pareti divisorie, tenendo confinate una camera da letto e il bagno. Ha ottenuto 70 m quadrati di cucina, soggiorno, salotto, con un pezzo originale del seicento, un camino enorme. Due porte finestre si aprono sul giardino con il gazebo. Tutto è silenzioso, grandioso.

Abbiamo unito le nostre capacità, la mia vista ridotta a tre decimi non mi permette di eseguire dei lavori raffinati o delicati, però so decorare, abbinare i colori, tagliare, pelare, lavare le verdure, Teresa mi spiega cosa e come utilizzare le padelle, le sue mani non sono ubbidienti né sicure.

A 83 anni abbiamo aperto al pubblico il soggiorno, il giardino dove organizziamo degli aperitivi, dei cocktails eleganti a pagamento, con dei manicaretti esclusivi e una cantina di vini pregiati.

Il camino centrale con il fuoco acceso, il divano che può ospitare una ventina di persone, il giardino fiorito, profumato, il gazebo dove suona un trio di musicisti, siamo le due vecchiette indomabili "hostess" di un ambiente raffinato prenotato con mesi di anticipo.

Bastava pensarci. Teresa e Paolo vi salutano con un bicchiere di Chianti classico (con il gallo nero).

FINE

Ti è piaciuto questo libro? Scansiona questo codice per lasciare subito una recensione! Basta una riga, la tua opinione è preziosa e aiuta altri lettori a scoprire questa storia.

Oppure digita:
https://www.amazon.it/review/create-review?asin=B09XBS7T39

Biglietto di sola andata

Autore

 Il suo sito: *www.enicod.it*

 *http://www.facebook.com/enicod.IT*

 info@gatteria.it

instagram.com/evelyne.nicod

Evelyne Nicod è conosciuta per le sue creazioni artistiche legate al mondo felino, dipinti, acqueforti e illustrazioni di prodotti commerciali, come calendari, biglietti, cartoline, chiudipacco, segnalibri, carte da gioco, tarocchi, zodiaco e molto altro, per le edizioni "Gatteria".

Dopo una vita dedicata a raccontare storie con l'immagine – tra illustrazioni, dipinti e acqueforti – l'autrice ha trovato nella scrittura una nuova forma di espressione. I personaggi che prima tracciava col pennello prendono ora vita sulla pagina. I suoi racconti sono ritratti letterari, in cui si intrecciano memoria, identità e misteri del quotidiano.

Pagina dell'autore su Amazon, le informazioni e **tutti i libri** in formato cartaceo ed ebook Kindle: https://www.amazon.it/stores/author/B0085AIST2

LIBRI (PAPERBACKS) RECENTI SU AMAZON

Benvenuti nel catalogo digitale di Evelyne Nicod. Queste pagine presentano l'intera collezione delle pubblicazioni. **Per consentire di accedere facilmente ai libri descritti, è possibile collegarsi a questa pagina che lo consente:** *https://gatteria.it/enicod_it/catalogo.html*

* *Biglietto di sola andata, però in prima classe*
  Racconta dell'emigrazione ossolana.
    http://www.amazon.it/dp/B00906GJ64/
* *Villa Celeste ed altre storie*
  Gli abitanti che si sono succeduti nella villa.
    http://www.amazon.it/dp/B08W7JH7RL/
* *Schizzi e ritratti* di molti personaggi femminili.
    http://www.amazon.it/dp/B09LWGSCHC/
* *Le madri* Queste creature di potere, che ci hanno messe al mondo per puro caso https://www.amazon.itdp/B0B8RKDZM
* *Amarcord* Cinque storie di donne che non si lasciano trascinare dal destino http://www.amazon.it/dp/B0CVH32QNC
* *Sorellina cara* Due destini si incrociano. Un segreto sepolto nel passato   http://www.amazon.it/dp/B0C7J5GM16/
* *Donne fuori rotta:*
  https://www.amazon.it/dp/B0F8ZP7NDD
* *Mestiere: gatto* 18 racconti felini.
    http://www.amazon.it/dp/B086PN1KN9/
* *Da un gatto all'altro, un'antologia*
  Raccoglie i Tarocchi, lo Zodiaco, l'Alfabeto.
    http://www.amazon.it/dp/8887709971/
* *Ciccia, un gatto on the road again.*
    http://www.amazon.it/dp/B089CRK13D/
* *Scacco gatto in due mosse, due novelle e molte illustrazioni*
  Con due racconti, scacchi fustellati Bianchi e Neri, una scacchiera.
    http://www.amazon.it/dp/B0080BWAAY/

- *Tutti i segnalibri della Gatteria* A colori, tutti i segnalibri ormai fuori commercio, per verificare la raccolta.
  http://www.amazon.it/dp/B0892HRV7Q/
- *Tutti i biglietti della Gatteria* A colori, tutti i biglietti ormai fuori commercio, per verificare la raccolta.
  http://www.amazon.it/dp/B08PJPWH9H/
- *Ex libris* Tutte le acqueforti.
  http://www.amazon.it/dp/B08RLBYJJW/
- *I ritratti della National Gattery.*
  http://www.amazon.it/dp/B08QWH3D32/
- *Trent'anni di calendari di tutti i tipi*
  Calendari poster, da parete, da tavolo, agende
- *Calendario dei compleanni* Calendario perpetuo.
  http://www.amazon.it/dp/8887709963/
- *Italian Cats, an unusual Deck of cards* Il mazzo del 1996 con un errore di Piatnik, il 10 rosso con 11 semi.
  http://www.amazon.it/dp/B08PJ1LKDJ/
- *I Tarocchi del gatto in 22 Arcani maggiori*
  Basato sulla seconda edizione del 1990.
  http://www.amazon.it/dp/8887709637/
- *Lo zodiaco del gatto* in dodici segni.
  http://www.amazon.it/dp/8887709653/
- *Cat alphabet coloring book*
  www.amazon.it/dp/B09GJS133N/
- *Alfabeto gattesco* https://www.amazon.it/dp/8887709661

Le monde d'Alice Moprez
24 esquisses et portraits de femmes
Carpe Diem
Amitié en parallèle
La femme de l'ombre

EBOOKS *tutti illustrati:*

Disponibili su Amazon, Kobo, Google Books.

Mestiere gatto 18 racconti illustrati. (IT)
Les tarots du chat in 12 arcani maggiori
Lo zodiaco (IT, FR)
Lo zodiaco in acquaforte (IT, FR)
Scacco gatto in due mosse due novelle (IT)
L'alfabeto gattesco (IT, EN, FR, DE)
Ciccia, un gatto on the road again (IT)
The national Gattery (EN)
Italian Cats, an unusual Deck of cards (EN)

BIGLIETTO DI SOLA ANDATA
ma in prima classe

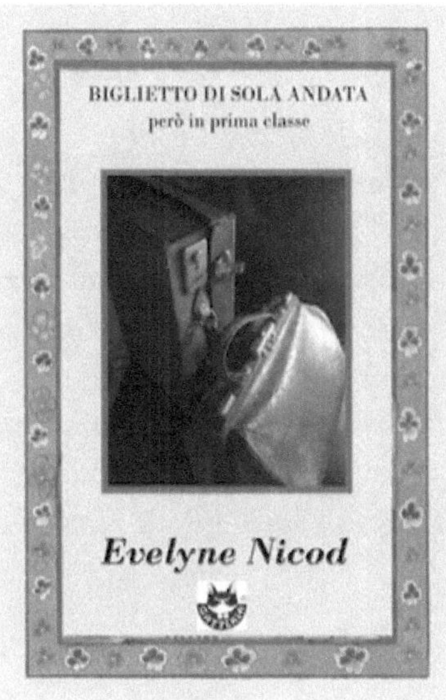

Giulia nasce in Italia, la sua famiglia si trasferisce in Francia dopo la seconda guerra mondiale.

La bambina fa fatica a ambientarsi, preferisce il suo paese di origine, vuole studiare e diventare giornalista in Italia. Viaggia in tutto il mondo, torna a vivere a Milano da single, una vera solitaria per scelta.

La sua vita sentimentale è libera, niente legami. Però scopre a cinquanta anni che il suo corpo ha le sue esigenze e corre, anzi si precipita ai ripari.

Mai troppo tardi per volersi un po' di bene. Arriva la vecchiaia, il confinamento, c'est la vie …

Biglietto di sola andata

La vecchiaia risveglia i sogni nel cassetto delle protagoniste delle due ultime novelle. Una restaura libri e oggetti, le due altre coniugano le loro capacità, per creare un'attività di comunicazione lucrativa e gustativa.

Je suis un arbre .
Mon feuillage débonnaire
Abondant et généreux,
Attire toujours les amoureux
Mon parfum ensorcelant
Fait le délice des passants
Depuis un siècle les saisons
Ont renforcé ma conviction
Qu'être un tilleul est ma vocation

MESTIERE: GATTO
diciotto racconti illustrati

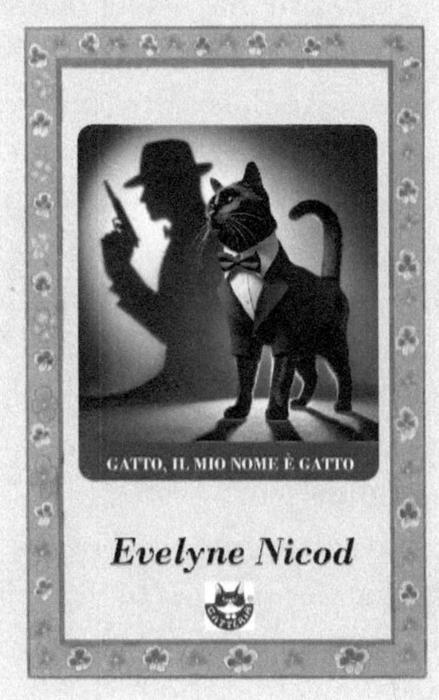

- 2003 La famiglia   Un sole rovente piomba sul sasso graticola che funge da sdraio ...
- 2004 È nata una stellina   Questa non è finzione, i personaggi di questo racconto esistono, eccome ...
- 2005 Gigi il magnifico   Sembrava un topo gigante per il colore del mantello, ma il suo incedere ...
- 2006 Tea, gatta metropolitana   In una notte di luna piena, limpida, nel cortile di un garage del centro ...
- 2007 La vera vita di Marie e Bella   Era il 17 marzo 1945 in un villaggio innevato dell'alto Jura francese
- 2008 Gli eremiti   Il viaggio era alquanto pittoresco: ottanta mucche salivano in gruppo ...

- 2009 Rosa, io ti salverò Arrivò in un pomeriggio uggioso, lo splendido corpo muscoloso ormai stremato
- 2010 Ciccio, gatto urbano Nella periferia inquinata della megacittà, l'afa di luglio ...
- 2011 Il Relais des Anglais I tre mici vivono in riva al mare in un albergo detto "di charme" ...
- 2012 Una bella famiglia E' nata dispettosa e prepotente, ma la natura generosa nei suoi confronti, ...
- 2013 C'era una volta ... Ciccia Cullata da una sonnolenza deliziosa, la narratrice fissava il cielo ...
- 2014 Silvestro ed il badante Il suo nome da fumetto gli stava a pennello, bianco e nero come da copione, non bello ma simpatico
- 2015 Furia, l'intruso Mimì, la tigrotta, sta montando la guardia dietro al portaombrelli del corridoio buio, il campanello ha già suonato due volte, chi sarà a quest'ora così tarda? ...
- 2016 Rossolo, il valoroso Siamo nel Puy-de-Dome, in un albergo circondato da un grande parco, molto rigoglioso ...
- 2017 Mimmo e Mimì, i gemelli scatenati Il mio nome è Mimmo, quello di mia sorella Mimì. Così fummo chiamati dai primi umani che ci presero in casa ...
- 2018 Ciccia forever Dopo varie esperienze "gattesche" finite in tragedia, fu deciso di non ricadere più in situazioni del genere
- 2019 Dal diario di Ciccia Ciccia, dopo sei anni di zitellaggio ...
- 2020 Piuma La montagna risplendeva nel suo manto verde di giugno. ...

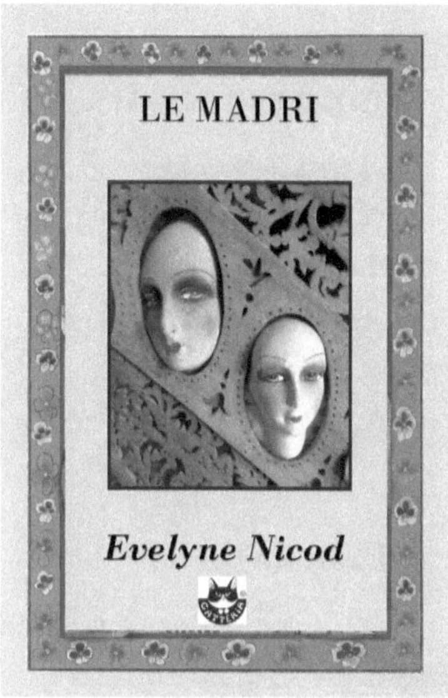

Le madri, queste creature di potere, che ci hanno messe al mondo per puro caso, hanno spesso determinato delle carriere fortunate ai loro figli, vedi Albert Camus, Gustave Flaubert, Romain Gary, Albert Cohen, o rovinato del tutto le vite dei loro ragazzi, vedi Jules Drenar (cito i francesi che conosco meglio, scusatemi), hanno fatto scrivere un libro a Hervé Bazin dove il personaggio della Folcoche impersonava sua madre, un mostro detestabile.

Si esaltava spesso il senso del sacrificio, la dedizione assoluta di persone che non hanno altra scelta che aiutare a crescere delle creature, al meglio delle proprie capacità.

Ma ci sono anche le ribelli, quelle che non ci stanno proprio e lasciano fare alla provvidenza La via di mezzo non esiste, o brava o no, il tiepidino non si addice alla maternità.

Ne ho tracciato qualche profilo, volete sapere se esistono davvero? Un po' sì, un po' no.

La mia era eccezionale, ma questa è un'altra storia, molto privata.

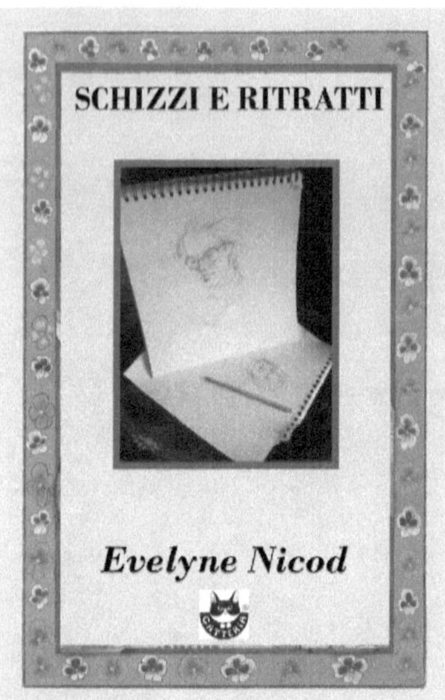

Sono ritratti di donne, più che altro degli schizzi, che raccontano percorsi di vita, spesso significativi di una certa epoca, quella che l'autrice conosce meglio.

I personaggi di Carla, Mimma, e le altre, si inseriscono sul nostro cammino, qualche volta ci somigliano, le abbiamo conosciute, da vicino, molte furono compagne di viaggio nella nostra vita.

Fanno parte da decine di anni di un teatrino, così vivo che le si può descrivere anche in dettaglio, non solo nei caratteri e nelle vicissitudini incontrate, ma pure nel fisico, come ci nutrivamo, vestivamo.

Siamo tutte un po' loro, per sempre. Si tratta però di finzione, se no dove sarebbe il divertimento.

La realtà fugge all'autrice, preferisce inventarsi di sana pianta questi scenari: come un disegno, si sa come si comincia ma non come finirà, ingarbugliato o liscio, che importa!

Dedicato a tutte le amiche di un lungo percorso.

Con affetto

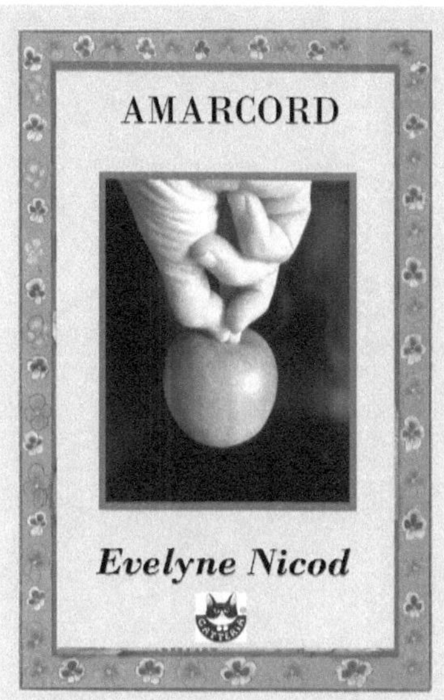

Cinque storie di donne che non si lasciano trascinare dal destino. Niente fatalità, non mancano gli ostacoli che daranno forza alla vita.

Amano, sono lasciate, consapevoli della precarietà dei sentimenti loro e degli altri, soprattutto degli altri.

Hanno in comune la fortuna di essere state allevate da famiglie affettuose .

Come affrontare il dolore dopo la perdita di una persona amata.

Storie di tutti noi e qualche considerazione personale. Come resistere a un "Amarcord"?

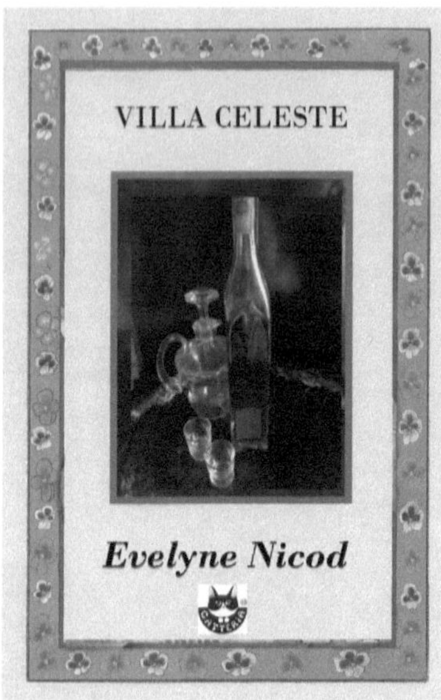

Villa Celeste e altri racconti – Storie di donne, **di legami e di segreti** Un intreccio di racconti che esplorano le vite, le emozioni e le scelte di donne indimenticabili. Ogni storia è un frammento di vita, un viaggio attraverso sentimenti contrastanti, legami familiari complessi e sorprendenti incontri.

Villa Celeste Una dimora affacciata sul lago, che cambia volto con ogni nuovo proprietario. Nel tempo, la casa si trasforma, ma il lago e i cipressi restano, testimoni silenziosi di destini intrecciati.

La ragazza senza memoria Un'amnesia, un nuovo inizio, e una serie di eventi che la porteranno a ricostruire il proprio passato e a trovare, finalmente, la serenità.

La falsa mitomane Inventare storie per sopravvivere: c'è chi lo fa per necessità, chi per istinto. Ma quando la menzogna diventa realtà, cosa resta della propria identità?

Famiglia, ti odio Una madre che non riesce ad amare la figlia maggiore, una figlia che risponde con il disprezzo e un viaggio verso nuovi orizzonti, lontano da un passato soffocante.

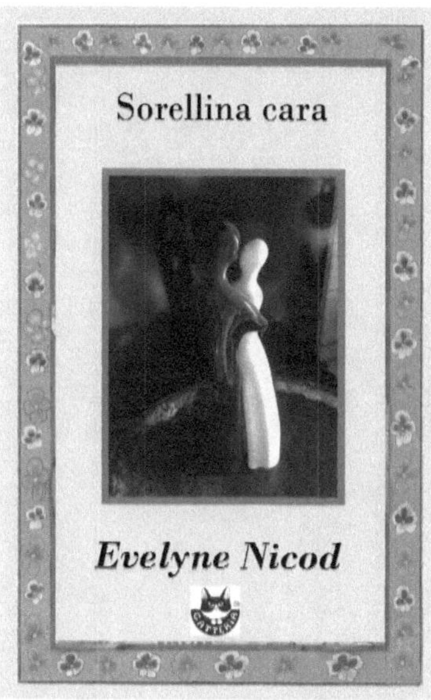

Due destini si incrociano. Un segreto sepolto nel passato. Un dilemma che nessuno vorrebbe affrontare.

Sulla Terra vivono sette miliardi di persone, ognuna unica, definita dal proprio DNA. Eppure, la vita è imprevedibile: il destino intreccia strade che non avrebbero mai dovuto incontrarsi.

Robert e Nina provengono da mondi diversi. Le loro famiglie, i **Locatelli** e gli **Escher**, si sono spostate più volte nel corso delle generazioni, separate dalla guerra e dall'emigrazione. Nessuno di loro avrebbe mai potuto immaginare che il passato sarebbe riemerso con tanta forza.

Quando Robert e Nina si conoscono, l'attrazione è immediata. Ma quello che inizia come un incontro casuale si trasforma presto in un enigma morale. Un segreto antico li separa. **Se lo scopriranno, riusciranno ad accettarlo? O sarà troppo tardi?**

Questa raccolta invita il lettore a viaggiare attraverso le vite di donne che sfidano convenzioni, costruiscono identità e navigano le complessità dei legami umani in un mondo in evoluzione.

"Domani sarà un altro giorno", "Bastò lo sguardo" e "Nonna, figlia e nipote" formano un trittico narrativo dove risuona il tema dell'ascensore sociale femminile, con le sue conquiste e i suoi costi. Ogni racconto cattura le sfide dell'emancipazione, dell'ambizione e della ricerca di autenticità nei rapporti interpersonali.

Bene, se avete avuto la costanza di arrivare in fondo, e pensate che questo libro vi abbia fatto trascorrere un po' di tempo lontano dai problemi quotidiani, potete lasciare una recensione sul sito di Amazon che sia di aiuto nella scelta ai visitatori.

Qui: https://www.amazon.it/dp/B09XBS7T39

Oppure direttamente, scansionando questo codice per lasciare subito una recensione! Basta una riga. La tua opinione è preziosa e aiuta altri lettori a scoprire questa storia.

Oppure digita direttamente:
https://www.amazon.it/review/create-review?asin=B09XBS7T39

Copyright

Tutti i diritti riservati in accordo alle Convenzioni Internazionali sul Copyright.

Questo volume è stato stampato nell'aprile 2022 da Amazon

9 791280 330475